庫JA
〉

ノーフォールト
〔上〕

岡井　崇

早川書房
6531

目次

ノーフォールト

〔上〕

第1章　グレードAカイザー

平成十五年十月十四日　午前二時二十分　当直室

「ピー、ピー、ピーー、ピーーー、ピーーーー」

目を開けた奈智《なち》はふうーっと一つ長い吐息をついて、視線を電子音のするモニターに向けた。暗めに設定された液晶画面には胎児の心拍数と陣痛の波が映し出され、左から右へ緩やかに移動している。しばらく波の動きに視線を留めると、毛布を引きあげ、安心したように枕に頬を沈めた。

当直の夜、産婦人科医師は胎児の心拍音（電子音）を聞きながら眠る。心拍のリズムが遅くなると目がさめるのは、いちはやく胎児の異常を察知するために脳が覚えた特殊な機能によるのだと言う。動物の脳は眠っていてもある特別な感覚にのみ反応する不思議な能力を有しているが、人も、訓練で似た能力を養成することができるそうだ。

睡眠の医学上の定義の一つに〝外来刺激に対する閾値《いきち》が上昇し、感覚入力が遮断された状態〟との記述がある。この定義に従えば、胎児の心拍音が聞こえている眠りは真の〝睡眠〟とは言えないかもしれないのだが、眠っていることも確かで、身体が休んで脳が働いているレム睡眠の浅い相か、ノンレム睡眠の段階一に当たる最も浅い睡眠なのだろう。いずれにしても、睡眠中でも、胎児の心拍動が遅くなり心拍数が低下した時は脳が賦活化され目をさます。この特殊な能力を、奈智は四年余りの当直経験から既に修得していた。

城南大学病院産婦人科の女性医師当直室は、入院棟五階の周産期フロアの西南の角にある。以前は物置だった八畳ほどのいびつな形の小部屋があてがわれていて、部屋には二段ベッドが二台、四人分のロッカー、勉強机、モニターを乗せた小さな冷蔵庫と流しが置かれ、横の壁に顔が見えるだけの鏡がかかっている。

奈智は入口側のベッドの下段に寝ていた。

三十分ほどたっただろうか。

「ピー、ピーー、ピーーー、ピーーーーー、ピーーーーーー」

心拍音の間延びに再び眠りを破られ、重い瞼を開いた。今度は違う。さっき見られた胎児心拍数の波形は軽度の変動一過性徐脈だったが、今モニターに表示されている一過性徐脈は深くて大きい。高度の変動一過性徐脈の出現は、時に、胎児に危険が迫る徴候のことがある。

行かなければ。

奈智は毛布から抜け出し、病棟シューズを履いて立ちあがった。ベッドの柱にかけてあった白衣を当直着の上から羽織り、流しの横の鏡を覗くと、目の下に隈《くま》ができている。少しやつれたその顔に溜息をつき、手櫛《てぐし》で髪だけを整えて当直室を出た。患者と家族が集う談話スペースを隔てた向こう側に、LDRと呼ばれる個室の陣痛室兼分娩室が六室並んでいる。

*

「ドキーーー、ドキーーーー、ドキーーーー」

胎児心拍のドプラ音が聞こえるLDR三号室。研修医の矢口恵子《やぐちけいこ》と二人の助産師が産婦のケアーをしていた。

「柊《ひらぎ》先生、ちょうど今、コールを入れたところです。一過性徐脈がだんだん高度になってきています」

「ヒッ、ヒッ、フー、ヒッ、ヒッ、フー」と呼吸のリズムを取りながら、左を下にして横を向いた産婦がLDベッドの上で痛みに耐えていた。ベッド脇の監視装置の表示を見ると、陣痛の山は過ぎ去ろうとしている。奈智は、陣痛が収まるのを待って産婦のそばに寄った。

「こんばんは、当直の〝ひらぎ〟といいます。痛みがかなり強そうですが……頑張ってくださいね」

奈智に気づき、産婦は頷いた。

「さっきから、お腹の赤ちゃんの心拍が少し遅くなっていますので、赤ちゃんの様子、みさせてくれますか？」

「赤ちゃん、具合悪いのですか？」

「大丈夫ですよ。危険な状態ではありませんから、安心してください」

話している間に次の陣痛が起こった。産婦が「ヒッ、ヒッ、フー」と、母親学級で習った呼吸法を再開する。助産師の一人が産婦の手を握り、付きあうように首を振って同じリズムを取る。

「今どれくらい進んでいるの？」

奈智は矢口に尋ねた。

「二十分ほど前に診察しましたが、子宮口は六センチ開大していました」

「経産婦さんでしょう？」

「はい。患者さんは徳本美和子《とくもとみわこ》さん、二十八歳で、前のお産は二年前、大田区立病院で3200gの女児を出産しています。分娩時間は十五時間、正常分娩でした。今回も区立病院で妊婦健診を受けていたのですが、夫立ち合い分娩を希望されて、妊娠三十六週から当科に通院していました。前期破水後の入院で、GBS（B群溶血連鎖球菌）が陽性のためビクシリンを点滴しています。それ以外はローリスク（リスクが低い）の患者さんです」

「ご主人は？」

「先ほどまでいらしたのですが……どこかに行かれたのかな？」

会話中に、胎児の心拍数は60拍／分まで低下した。胎児心拍数の正常範囲は110〜160拍／分で、60拍／分は高度の徐脈である。奈智と矢口は話しながらドプラ音を聞いていたが、陣痛が終わっても徐脈は回復しない。記録用紙から読み取ると、今度の徐脈は四分前に始まっている。心拍数の低下した状態が長く続いているのだ。二分以上続く一過性徐脈は遷延一過性徐脈と呼ばれ、胎児ジストレスの一徴候である。

「ドキーー、ドキーー、ドキー、ドキ」

心拍数が回復したのは徐脈が始まってから五分後で、その時には次の陣痛が来ていた。

「徳本さん、もう一度診察させてください」

奈智は、矢口の診察のあと、分娩が速やかに進んでいることを願った。経産婦では、子宮口が五センチ程度開大の状態から急速に分娩が進行し、数十分くらいの間に出産に至る場合も少なくない。〝うまく進んでいれば、もう全開大（十センチ）になっているかもしれない〟と思った。

助産師が素早く準備をしてくれ、子宮口の状態を診察したが、まだ全開大ではなかった。子宮口の開大は八センチくらいで、児頭の位置も高い。奈智は迷った。

今、帝王切開を決断すべきか？　このまま経腟分娩を続け、子宮口の開大と児頭の下がりを待って鉗子分娩にするのが良いのか？

どちらが早く胎児を娩出《べんしゅつ》させられるかだ。矢口と助産師は不安気な表情で奈智の顔を見つめている。

分娩の途中、特に、出産までもう少しの時に胎児の状態が悪化した場合、帝王切開と経腟分娩のどちらを選択するかの判断は非常に重要である。一刻を争う状況で、決断に躊躇していては間にあわないが、その決断を下すことは難しく、まさに、産科医師の経験と能力が問われる時といえる。

子宮口が二センチ開大するのに二十分以上かかっている。鉗子分娩ができる状態まで進むにはまだ時間がかかりそうだ……

その時ドプラ音の間隔が長くなった。

「ドキー、ドキーー、ドキーーー、ドキーーーー、ドキーーーーー」

また心拍数が下がったのだ。100拍/分、80拍/分、60拍/分。奈智は叫んだ。

「カイザー！　グレードAです！　君島《きみじま》先生を呼んでください」

「はい、すぐ準備します」

矢口が俊敏にLDRを飛び出していき、助産師の一人があとを追った。手術部と、麻酔と新生児の担当医師に連絡するためだ。医長の君島がいる救急外来にも電話を入れた。残った助産師が美和子を移送する準備を始める。時刻は三時十二分。

〝カイザー〟とは帝王切開の略語で、城南大学では、最も緊急度が高く、一分でも早く胎児を娩出させたい時の帝王切開を〝グレードAカイザー〟と呼んでいる。

「徳本さん、よく聞いてくださいね。お腹の赤ちゃんね、少し苦しそうなんですよ。普通に出産するまでにはまだ時間がかかりそうで、その間に赤ちゃんの状態が悪くなってしまったら困りますので、早く出してあげるために緊急の帝王切開をしたいと思うのですが、いいですか？」

奈智は無用な不安を与えないように気持ちを抑えて話したつもりだったが、声は緊張していた。

「このままでは赤ちゃんが危ないのですか？」

「でも早く出してあげれば大丈夫ですよ」

「それでは、赤ちゃんのために一番いい方法にしてください」

「ここまで頑張ったのに残念ですけど……すぐ準備しますから、徳本さんは心配しないでゆっくり落ち着いて呼吸をしていてくださいね」

心拍数はいっこうに回復の兆しを見せず、60拍／分になってから三分近く経過した。

助産師がストレッチャーを運んできた。

「先生、手伝ってください、徳本さんを移しますから。監視装置、外していいですか？」

「外しましょう」

奈智はここまでの心拍数記録を読み直した。基線１５０拍／分、軽度の変動一過性徐脈が二時二十分頃より出現、二時五十分頃からそれが高度となり、次に、約五分も続いた遷延一過性徐脈が見られ、今回の徐脈も、三分以上たってまだ回復していない。

このまま回復しなかったら、大変なことになる。急がなくては、でも、まだ細変動はある。今のうちだ……

輸液のパックを先に吊るし換え、奈智が頭のほうから両肩を持ちあげ、二人の助産師が左右から腰のあたりを抱えて「一、二の三」と声をかけあい、美和子をストレッチャーに移した。奈智は助産師に目で〝急げ〟の合図を送り、ストレッチャーを押して、LDRを出た。三時十五分。

美和子は陣痛の痛みに、「ヒッ、ヒッ、フー」の呼吸を繰り返す。部屋を出ると奈智が先頭になり、左手でストレッチャーの前を引っ張り、二人の助産師が後方からそれを押した。

廊下を突っ切れば五階から下りるエレベーターがある。矢口が気を利かせ、ケージを止めて待っていた。五人が乗りこんだ。ドアが閉まる。二階のボタンは押されていた。奈智は心配で、助産師がストレッチャーに積んで運んできたドプラ心音計で胎児の心拍音を聞いた。

「ドキーーーー、ドキーーーーー、ドキーーーーーー」

60拍／分が続いている。自分の心臓の鼓動が早くなるのを感じながらも、笑顔を作って美和子に「心配ないですよ」と声をかけた。二十秒で二階に着いた。

ドアが開くや否や、次のエレベーターに向かって矢口が先に駆け出してゆく。残る三人もケージからストレッチャーを引き出すと、移送の足を早め、走り始めた。奈智は胸の中で繰り返す。

大急ぎで出してあげれば大丈夫だ、まだ大丈夫、まだ大丈夫……

手術部に行くには、入院棟のエレベーターを降りてから、二つの建物の二階をつなぐ渡り廊下を通って中央棟に移り、そこでまた別のエレベーターに乗って五階まで上がらなくてはならない。いつもより長く感じる廊下を、奈智はストレッチャーを引っ張って走った。

手術室までの移動にこんなに時間を取られては、胎児は助からないかもしれない……

胸の鼓動が一段と早くなる。

中央棟のエレベーターの前で矢口がドアを開けて待っていた。急いでストレッチャーを中に押し入れ、ドアを閉めた。奈智は肩で息しながら隣の助産師の腕時計を見た。三時十九分。LDRを出てから四分、回復しない徐脈が始まってから七分たっている。

五階でエレベーターのドアが開くと、手術部の看護師が待っていた。

「九号室で準備してます」

その声に、四人はストレッチャーを押し出して向きを左に変え、また走り出した。

＊

奈智たちが着くと、待機していた麻酔科の医師、安川俊明《やすかわとしあき》が、

「胎児ジストレスですね。母体は問題ないんですね」

と診断の確認を行なった。

「ええ、お母さんに合併症などはありません。胎児の徐脈が続いています。早く出してあげないと」

と答え、奈智はストレッチャーを手術台のすぐ脇に止めた。息が切れていたが、看護師の手を借り急いで美和子を手術台に移した。

その直後、自分の心拍動が遅くなってゆくのを感じた。と同時に、目の前の光景がだんだん暗くなってゆく。

このままでは倒れる……

そう察した奈智はゆっくりとあとずさりして、壁にもたれて床に座りこんだ。

「気持ちが悪いのでちょっと休ませて」

と、矢口に言った次の瞬間、意識が遠のいていった。

奈智が気を失っている間にも、手術の準備は進められた。

麻酔医の安川が美和子の胸に心電図の電極を貼り、モニター画面で心電波形に異常がないことを確かめた。血圧を計り、右腕の静脈に輸血用の針を留置すると、心配そうに奈智を見ていた美和子に言葉をかけた。

「もう少ししたら、麻酔をかけますよ。眠っている間に赤ちゃんが生まれて、目がさめた時は手術が終わってますよ。心配ないですからね、頑張ってください。柊先生は少し疲れているだけですから大丈夫ですよ」

美和子はいくらか安心したようで、「お願いします」と応えると、心の中で胎児に話しかけた。

「先生がたが手術で生ませてくれるって……もう少しだから頑張ってね」

看護師たちも手際よく準備を進めている。緊急帝王切開用の布包みを開き、滅菌された手術器具を取り出して機械台の上に並べる。電気メスと吸引管の接続を行ない、美和子の病衣を脱がせ、手術の体位をとり、膀胱に導尿のチューブを入れた。お腹の上に消毒薬をかけようとした時、最後にもう一度と、矢口がドプラ音を聞いた。

「ドキーーーーー、ドキーーーーーー、ドキーーーーーー」

40拍／分。

「消毒お願いします」

矢口は壁際の奈智のところに駆け寄り、肩を揺すった。

「柊先生、柊先生、大丈夫ですか？」

脳貧血だった。奈智は昨夜も、四歳になる自分の子供が高熱を出し、その世話のためよく眠っておらず、この四十数時間ほとんど睡眠が取れていない。極度の緊張の中で疲労の蓄積した身体を走らせたのだ。予期せぬ急激な負荷のための一時的な心臓の機能低下が徐脈と低血圧をもたらし、脳貧血を引き起こした。しかし、気を失っていたのはほんの一、二分だった。

矢口の声で意識が戻り、目に映る手術室の光景が次第に明るさを取り戻すと、無影灯に照らされて仰向けに横たわる美和子の姿が部屋の中央に浮かんで見えてきた。だが、起きあがろうとすると頭がクラクラする。奈智は座ったまま大きく深呼吸をして、壁の時計を見た。何度か瞬《まばた》きをすると文字盤の数字が読めた。三時二十三分、グレードAカイザーを決断してから十一分たっている。

脳貧血はこれまでにも何度か経験したことがある。もう少しだ。深い呼吸を繰り返し気力を振り絞った。すると、三十秒たらずで、徐脈を呈していた心臓が正常な機能を取り戻し、それに伴って血圧が上がってきて、脳への血流も回復してくるのがはっきりと意識できた。奈智はゆっくり立ちあがり、帽子とマスクをつけて手術台に歩み寄った。看護師に手術用の手袋をはめてもらい、術衣を着せてもらう。グレードAカイザーでは、準備の時間を短縮するために、通常の更衣を省略して病棟衣と病棟履きのまま手術室に入り、手洗いもせず、手袋と術衣をつけるだけで執刀する特別な手順が決まっている。お腹を消毒された美和子に清潔な布がかけられた。麻酔がかかれば執刀できる。その時初めて、奈智は君島がいないことに気づいた。連絡はしてあるはずだ。

「君島先生は？」

不安気な声で矢口に尋ね、時計を見た。三時二十五分。

＊

その時刻、君島和彦《きみじまかずひこ》産科病棟医長は救急外来の一室で子宮外妊娠患者の母親と面談していた。

「お母さん、信じられないかもしれませんが、あなたのお子さんは妊娠しているんです。しかも、子宮外妊娠といって、子宮の中に赤ちゃんがいる普通の妊娠とは違って、卵管、えーと、左の卵管ですが、そこに妊娠しているんです」

「先生！　この娘《こ》はまだ十七歳ですよ。毎日まじめに高校に通っているんです。来年は受験もあるし、妊娠なんてあり得ません。ねー、利香子《りかこ》、あなた妊娠なんか……していないでしょう？」

実は、うすうすその可能性に気づいていた母親だったが、信じたくない一心から怖い顔をして娘に問いただした。利香子は目を伏せ、下に向けた顔を上げようとしない。

「もしかして、幹也《みきや》君なの？　いつもうちに遊びにきている？　真面目そうで、礼儀正しいから、あなたとの交際を許してきたのに……考えられないわ」

母親が隣で小さくなっている娘のほうに向きなおり、両腕を取って身体を揺すった時、

「先生、オペ室から電話です」

と、奥にいた看護師が言ってきた。

「グレードAだからすぐ九号室に、と」

「グレードA！　なぜさっきそれを言わなかったんだ！」

病棟の助産師から連絡が入った時、外来の看護師は、〝グレードA〟の意味が理解できなかったため、単に〝緊急帝切〟とのみ診察中の君島に伝えたのだった。君島は普通の緊急帝王切開と思いこみ、外来患者の診察と面談をすませてから手術室に行くつもりでいた。それでも三十分はかからないと思ったからだ。

「すぐ行くから、柊先生に、手術を始めていてくれ、と言ってください」

看護師に返答したあと、早口で母親に話し始めた。

「緊急手術があるんです。お子さんは、とにかく、入院したほうがいい。病棟の看護師さんが迎えにきてくれますから、私は手術が終わったらすぐ病室にうかがいます」

「ちょっと待ってください、先生、娘はなぜ入院しなければいけないんですか？」

母親は承知せず、椅子から腰を浮かそうとした君島の白衣の袖を両手でつかんだ。

それでも、君島は立ちあがり、

「それはあとでゆっくり説明します。私は今すぐ手術に行かなければならないんです。非常に急ぐ手術です」

と言って、腕を引きあげ、母親の手を振り落とそうとしたが、君島の言葉は娘のことで頭がいっぱいの親の耳には入らない。

「先生、妊娠は間違いないんですね？　この子はお腹が痛いと言っているだけなんですよ。つわりの症状もないし」

母親は手を離すどころか、つかんだ白衣の袖を強く引っ張り、座り直すようながした。

君島は温厚な性格で人がいい。目の前の患者に冷たく接することは出来なかった。手術室の様子も気になるが、奈智は五年目で、多数例の帝王切開の経験があることを知っている。それに、今から行っても胎児はもう出ているだろうと思い、やむなく腰を下ろした。

「お子さんの妊娠は間違いありません。超音波検査で卵管の中に胎児が映っていて、心臓も動いているんですよ」

「でも、尿検査とかしてないじゃないですか？」

「尿検査をしなくても胎児がお腹にいれば妊娠なんです」

焦る気持ちを抑えながらも、さすがに君島の口調は強くなってきたが、母親にとっては自分の娘が第一である。逆に、腰を落ち着かせて質問を続けた。

「入院して手術をするんですか？」

「そうです。もう、お腹の中に少し出血しています。このままでは、いつか卵管が破れます。そうなれば、お腹の中に大出血して大変なことになります」

「それじゃあ、この子も緊急じゃないですか？」

「緊急の度合いが違うんです」

「それでも、今夜しなければならないんですか？　明日じゃ駄目なんですか？　手術をするとなると、この病院でするかどうか、どこでするか、こちらも考えなくては……最近の大学病院は事故が多いと聞いていますからね」

受け入れ難い事実を告げられた八つ当たりか、母親はなおも食い下がり、君島はなかなか離してもらえない。

*

脳貧血から完全に回復した奈智に緊張が戻った。胎児への心配も甦り、再び心臓の鼓動が高まる。

「まだ大丈夫、十分前には細変動があった。あとは出すだけだ」と、自分に向けて小さく声を出した。

君島を待っているわけにはいかない。

「手術を始めます。麻酔、お願いします」

奈智は手術台の右側に進んだ。安川が美和子に声をかける。

「徳本さん、手術が始まりますから、麻酔をかけますね。だんだん眠くなりますよ」

輸液のチューブから麻酔薬の注入が開始されると、陣痛を堪《こら》えながらもしっかりと頷いた美和子の意識は数秒のうちに消失した。続いて安川は、筋弛緩薬で呼吸を止め、顔に当てたマスクを通して酸素を充分に送りこんでから、気管内挿管の手技に移った。

執刀の位置に立った奈智は深く息を吸ってゆっくり吐いた。奈智には百例近い帝王切開の執刀経験があったが、グレードAは初めてだ。しかも、前立ち（助手）を務めるのは一年目の研修医、それでもやるしかない。

胎児は……三分で出さなくては、いや、二分だ。でも、重症の仮死で生まれるかもしれない……もう心拍動がないかも……

そう考えているうちに両膝がガクガクと震えだした。

新生児担当の前橋泰夫《まえばしやすお》と研修医が飛びこんできて、手早く蘇生台の酸素の栓を開き、人工呼吸用バッグと挿管器具の点検を始める。

美和子の気管内にチューブが入ると同時に安川が言った。

「手術を始めてください」

「メスをください」

奈智は器械出しの看護師からメスを受け取り、

「お願いします」

と、軽く頭を下げ手術を開始した。三時二十六分。

奈智の緊張は極まっていた。メスを持つ右手が小刻みに震えている。その手首を左手で支え、臍下から縦に下腹部を一気に切り開いた。皮膚の下の脂肪層から血が湧き出し、いくつかの小動脈からは真っ赤な動脈血が糸を引くように噴き出した。かまわず、脂肪層を切り進み、腹直筋の筋膜に達した。矢口はガーゼで出血部位を押さえ、溜まった血液を拭い取り、また、筋鉤《きんこう》で切開部の視野を確保し、懸命に奈智を補助した。奈智は出血箇所の止血操作を省略して胎児の娩出を急いだ。筋膜をクーパー（手術で使う鋏）で切開し、左右の腹直筋を分け開くと腹膜が見えた。腹膜の上の脂肪を掻き分け、膀胱の筋層を確認してその頭側を鉤付きのピンセットで摘《つま》みあげた。

「そっちを、鉤ピンでつかんで」

矢口に声をかけ、息を合わせて二人の鉤ピンで腹膜を天幕状に吊るしあげ、下に腸のないことを確かめてから、腹膜に切開を入れて直視下に子宮を露出した。

「開腹鉤！」

奈智は開腹鉤を看護師から受け取って素早く装着し、腹膜の内側を大きく開いて固定した。このあとは、子宮を切開してそこから胎児を娩出させるだけである。緊急帝王切開では皮膚は縦に切開するが、合併症を伴う妊娠や早産でない限り子宮は下部を横に切開する。子宮を覆う腹膜を切り開き、膀胱と腹膜を子宮の筋層から剝離して下部横切開の前段階を終了した。右手で胎児の頭の位置を触診すると、児頭は思ったより下降している。

普通より下のほうに切開を入れよう、と奈智は考えた。そのほうが児頭を娩出しやすいと思ったからだ。

「メス」

再びメスを握った時、奈智の右手の震えはいつのまにか止まっていた。メスの刃先で胎児を傷つけないように、左手で頭を下に押さえつけ、子宮下部の筋層に浅く横の切開を入れた。切る部位の視野を確保するために、矢口が湧き出る血液を吸引管で吸い続ける。何度か浅く小さく切開を加えると、破水していたため卵膜はなく、じかに胎児の頭皮が見えた。

奈智は、創縁に両手の指をかけて上下に引っ張り、子宮筋を裂いて切開創を広げた。児頭は相当下がっている。ＬＤＲで診察してから、この十五分ぐらいの間にも分娩は進んでいた。右手を頭の下に深く入れ、その手で児頭を持ちあげ、一気に子宮の外に引き出した。矢口がガーゼで顔を拭い、奈智が両肩を引きあげて全身を娩出させた。三時二十八分。

新生児はぐったりしている。啼泣もない。矢口が抱きかかえ、奈智が素早く臍帯を切断し、清潔な布を持って待ち構えていた助産師に渡された。

蘇生台に運ばれても児《じ》はビクとも動かない。数秒、聴診器を胸に当てた新生児医の前橋は、ただちに吸引チューブで口腔内の分泌液を吸い取ると、酸素マスクで鼻と口を被い、あごを少し引きあげてマスクを密着させ、バッグを使って人工呼吸を開始した。かわって、研修医が心音を聴取し、心拍数を数えて声高に叫んだ。

「心拍数、60（拍／分）です！」

マスクで児に酸素を与え続ける前橋に、

「挿管しますか？」と、促すかのように問うた。

「いや、肺への（酸素の）入りはいい。60なら心拍数も上がってきた。もう少しだ」

前橋がそう答える間に、暗紫色の児の皮膚に変化が現われ、みるみる赤みを増してきた。

「もう一度、心拍数をカウントしてくれ」

前橋はマスクを顔に当てたままバッグを押すのをやめ、右手で背中をこすりあげた。反射的に、児は両腕を外から回すように少し持ちあげ、顔をしかめた。時間を計っていた新生児担当の看護師が医師たちに告げる。

「一分です」

「心拍数80です」

その声とほぼ同時に、児は〝ビクッ〟と一度だけ自ら酸素を吸いこみ吐き出した。前橋は何回かバッグで酸素を送りこんだあと、その操作をやめ「足を叩いて」と指示した。研修医が児の両足首を左手でつかみ、右手で足底を数回軽く叩打《おうだ》すると、児は反応した。

「おぎゃあー」

それは弱い声だったが、はっきりと聞き取れた。第一啼泣である。

前橋はマスクを顔から少し離して、鼻のあたりに上から酸素を流しながら新生児を観察した。泣き声は段々と強くなる。数分たつと筋肉に緊張が出てきて、児は両手と両足を動かし始めた。心拍数は120拍/分に回復し、呼吸も規則的でしっかりとしてきた。手足の先のほうの皮膚の色のみが少し紫がかっているだけで、全身がピンク色の元気な赤ちゃんだ。

新生児蘇生メンバーのどの顔にも安堵の色が窺える。

「柊先生、一分後のアプガー（出生時の元気さを表わすスコア）四点、五分後八点です。赤ちゃんはもう大丈夫だと思いますが、念のためにNICU（新生児集中治療室）で預かります」

搬送用の哺育器に児を移し、前橋たちは手術室を出ていった。

新生児の啼泣を聞いた時、奈智の胸には喜びがこみあげた。グレードAカイザーを決断してから十六分で胎児を娩出させることが出来た。そのための手術準備の特別な手順を決め、麻酔医、新生児医、助産師、手術室の看護師と協力して、訓練までしてきた成果である。

この夜、奈智は睡眠不足が重なり、疲労は極限に達していた。それでも、〝胎児を救いたい〟の一念から疲れきった身体に鞭を打ち、ストレッチャーを引っ張って病棟の廊下を駆け抜けた。心臓への急な負担が引き起こした脳貧血からも立ち直り、不安と緊張で震える右手を左手で押さえつけて手術を実行した。持つ力を出しきり、出来る限りの早さで胎児を娩出したのだ。そのすべての苦労が報われる新生児の啼泣であった。

が、奈智は今、新たな難局に直面していた。術野が血の海である。

子宮筋切開創の上縁の大部分は六本のT字鉗子でしっかりと挟まれている。しかし、下縁は骨盤の奥深くに落ちこんで、そのあたりからか、いや、どこからともなく血が溢れ出てきて、術野が見えない。主たる出血点が同定できない。胎盤は既に摘出されていて、子宮体部の収縮は良い。出血はやはり子宮切開創のどこかからである。

「もっとしっかり吸引して！」

と矢口に指示し、

「ガーゼください！」

と言って、看護師から受け取ったガーゼで溜まった血液を掻き出した。それでも、大量の血液が術野を被い、本当の出血箇所がわからない。

子宮筋の切開創を縫合してしまおう。そうすれば止血できる……

「バイクリル０号！　切り糸で」

「はい、バイクリル０号です」

看護師が糸を通した針を持針器に挟んで手渡してくれた。

奈智は、切開創上縁の右端を挟んだT字鉗子を持ちあげ、その部分の血液をガーゼで拭い、下縁の端を見つけると、創の角の外側とちょうど角にあたる箇所に二針の縫合を置いた。次に針付きの長いバイクリルを受け取り、右端から中央に向けて、上下の子宮筋層を合わせる連続縫合を始めた。まだ、大量の出血がやむ気配はない。矢口は針を通す部分の血液をガーゼで拭い取り、縫合糸の緊張を保ち、一方の手で湧き出る血液を吸引していた。

「柊先生、血圧が下がってます。60（mmHg）です」

麻酔医の安川が声を上げた。

「出血量どれくらいですか？」

「２０００（ｍｌ）以上だと思いますが、まだ出ますか？　輸血、オーダーしますよ」

「お願いします」

安川は美和子の血液型をカルテで調べ、至急でＢ型の赤血球ＭＡＰ（濃厚赤血球）とＦＦＰ（新鮮凍結血漿）をそれぞれ十単位ずつ持ってくるよう指示を出し、急いで採血したクロスマッチ（血液の適合試験）用の血液を看護師に渡した。看護師はそれを手に輸血センターへ向け走り出ていった。

奈智と矢口は、懸命に子宮切開創の縫合を進めようとしていたが、湧き出る出血のために骨盤底に落ちこんだ下縁の部分が見えにくく、操作は難航を極めていた。十分たっても縫合は半分に届かない。

「血圧が計れません。何とか出血抑えられませんか？」

安川も不安を感じてきたようだ。

「すみません……もうちょっとで縫ってしまいますから……」

奈智の声はうわずっている、というより、極度の緊張のため口の中が乾いて舌と唇が動かず、ほとんど声になっていない。額から汗がこぼれ落ちる。術野に落ちる前に看護師に拭き取ってもらう余裕もなかった。全身が汗だくだった。

「輸血を早くお願いします」

これも声になっていない。

もし、このまま止血できなければ……

〝母体死亡〟の文字が頭に浮かんだ。

持針器を握る手が揺れ出した。急いで縫合をすませようとするが、その四文字が頭の中で膨らむと、手の震えが大きくなってきて、ますます思うところに針が通らない。矢口がガーゼで血を拭うが、針がかかる前にまた溜まる。その繰り返しである。緊張で息が苦しい。焦れば焦るほど手が動かない。

溢れ出る血液が術野を赤く染め、潮が満ちるように血の海面が上がってくる。その下からも血液が湧き続け、海面をさらに持ちあげる。奈智は、何をすればよいのかまったくわからなくなってしまい、全身が凍りついた。

「赤ちゃん大丈夫か？」

ドアが開くと同時に声がした。

外来から駆けつけた君島は、異様な緊張感に包まれた手術室の雰囲気に「どうした？」と、手術台に走り寄って術野を覗きこんだ。

「出血か？　どれくらい出た？　血圧は？」

誰にでもなく問いながら、美和子の心電図モニターに目をやると、心電波形は正常だが脈拍は200拍／分を超える頻脈だった。人工呼吸器につながれているので酸素は充分に送りこまれているが、このままでは、いつ心停止に陥ってもおかしくない。

「ヘルツ（心臓）は動いてますが、血圧は測定不能です。CVP（中心静脈圧）もゼロです。さっき輸血を頼みましたが」

安川が口早に答え、看護師の一人に大声で指示を出す。

「クロスマッチなしで良いから、大至急血液を持ってきて！」

続けて「それからあと十単位ずつ追加」と叫び、血漿増量剤の輸液速度を最大に維持し、アルブミン製剤を輸液に加え、昇圧剤投与の準備を始めた。

君島は手袋をはめてもらい、術衣を着た。

「矢口、代わって」

と言うなり、第一助手の位置に立ち、術野を見下ろした。

縫合糸で吊り上げられている子宮切開創の右の端をガーゼで拭うと、そこはしっかり縫合されていて、出血は少量だった。それを確認した君島は、

「ガーゼ、たくさん！」

と声を上げ、子宮の左側の下に右手を強引に挿入した。その部分を持ちあげて見やすくし、左手に受け取ったガーゼで血腫（血の塊）の混じった血液を何度も汲み取って捨てた。

「吸引して」

奈智に指示し、子宮の下に入れた右手と、左手に厚く重ねたガーゼで切開創の左端を圧迫した。奈智は周りの血液を吸引管で吸い続ける。ようやく、溜まっていた血液が少なくなり、左側の術野が見えてきた。君島が押さえていたガーゼをそっと持ちあげると、下から動脈血が噴き出した。血圧が下がっているので勢いは弱くなっていたが、君島はその拍動性の出血をガーゼで押さえ直した。

「バイクリル０２号！」

君島には出血箇所が見えた。切開創が左側に延長し、側方に回りこむように子宮筋が裂けていた。そのため、子宮動脈の下行枝が断裂し、そこから噴出するような出血が続いていたのだ。切開の部位が低すぎるとよく起こることである。胎児の娩出を急ぐあまり、奈智が骨盤の底に深く入りこんだ児頭を手で一気に持ちあげた時、創の端が大きく裂けてしまったのだった。

君島がバイクリルでその動脈の断端を縫合すると、噴き出るような出血は見事に止まった。

「安川先生、最大の出血点は止まりましたが、患者さんの状態どうです？」

「血圧が測定できません。輸血用の血液が来なくてはどうにもなりません。心拍も徐脈になってきました」

安川が焦燥した声で答えると、手術室に重苦しい空気が漂い始めた。

なぜ、血液が来ない？　クロスマッチに手間取っているのか？　血液さえ間に合えば！

君島は矢口に向かって「君が行って血液を取ってきてくれ。クロスマッチはいらない」

と言ったかと思うと、「いや、私が行く！　私が取ってくる」と叫ぶ。

君島が、手術台を離れようとした時、ドアが開き、血液パックを抱えた看護師が駆けこんできた。

「B型の血液です！」

助かった！　君島には天からの声に聞こえた。

血液を受け取った安川は、ポンピング（圧力をかけて速く血液を入れること）で輸血を開始した。

「残りをしっかりナート（縫合）しよう。大丈夫だ！」

君島は途中で放置されていた連続縫合の持針器を持ち直し、子宮切開創の縫合を再開した。その手を進めながら奈智に尋ねた。

「しかし、それにしても出血が多いなあ。最初からこんな状態？」

T字鉗子で挟んである創縁の、鉗子の間のわずかな隙間から血液がさらさらと流れ出し、縫合がすんでいる部分の針穴（針が通った跡）からもじわじわとした出血がある。

奈智は茫然と立っているだけで、質問の意味も理解できない。

「よくわかりません」と消え入るような声で答えた。

「DICになっているね、早く縫合をすませよう」

DIC（播種性血管内凝固症候群）とは、何らかの原因で血液の凝固能が強くなりすぎて、毛細血管の中で血が固まってしまう病気である。生体には微小血栓を溶解する機能もあるが、溶かしてもまたすぐに固まる。これを繰り返しているうちに血液の凝固に使われる血小板や凝固因子が消耗されて少なくなり、そのため肝心の創の部分で出血が止まりにくくなる状態に陥る。血液の凝固能が高まっている妊娠中には特に起こりやすい。

君島が術者となって、子宮切開創の第一層の縫合を終了させた。

「血圧、上がってきました。今、70（ｍｍＨｇ）です。血液、どんどん入れていますから、もう大丈夫でしょう」

安川から声がかかる。

君島は、切開創の左右の端の部分の止血を確かめたあと、第一層目の縫合糸の間や針穴からの出血も止めるように細い間隔で針を通し、第二層目の縫合を進めた。その間に輸注された赤血球と血漿成分は美和子の全身を回りはじめ、血圧は90ｍｍＨｇにまで回復し、脈拍も１２０拍／分と頻脈に戻った。

第二層目の縫合を終えると、君島は、子宮筋からの出血を完全に止めることが出来たかを確認するため、入念に創の全体を調べた。一箇所ずつガーゼで押さえては、それを離して血の出方を見る。まだ、滲み出るような出血部位が数箇所あったが、細い糸で丁寧に縫合し止血した。創の左端の部分には特に注意を払った。

「よし、これで大丈夫だ。他に出ているところないよね」

子宮以外からの出血を調べるため、胁腹のほうを覗く。

「先生、そこ出てます！」

奈智が声を上げると、君島は落ち着き払って言った。

「これ、たぶん、上に溜まっていた血液だよ。そこを吸引して」

奈智が流れてくる血液を吸引管で吸い、君島が血腫をガーゼで取り除く。第二助手の位置に移動していた矢口は、開腹鉤を上に下にと動かして二人の操作を助けた。君島の言ったとおり、その血液は、子宮の創から出て腹腔内の上方にまで流れて溜まっていたもので、出血箇所は子宮以外にはなかった。

「安川先生、出血量トータルでどれくらいになりました?」

「ちょっと待ってください、今、計算します。ええと、吸引とガーゼを合わせて約4500ml ですね」

「それで、どれぐらい(血液)入りました?」

「今、3500ml分のMAPと同じ量のFFPが入っています。もう少しで出血量に追いつきますよ」

「追い越さないでくださいよ」

君島には余裕が出てきた。子宮の上の腹膜を縫いながら、「4500mlか、完全に入れ替わったな」と呟いた。

母体の全身を流れる血液の量は約4500mlで、それが全部出血して、輸血された血液に替わってしまったのである。

「先生、助かりました」

君島は、麻酔医の迅速な輸血の手技に礼を言い、子宮腹膜の縫合を終えたあと、もう一度腹腔内をすべて見直して、出血のないことを念を入れて確かめた。ガーゼの数合わせをしていた看護師からの〝オーケーです〟の報告を待って「閉腹します」と声を高めると、矢口が開腹鉤を外した。

あとは、切開した逆の順に、腹壁腹膜、腹直筋、筋膜、脂肪層、皮膚、と縫合すれば手術は終了する。

「柊先生、縫う?」

奈智にはもう何をする気力も残っていなかった。

「いいえ、すみません、お願いします」

よく聞き取れないほど小さな声だった。

閉腹も君島が術者を務めた。腹直筋や皮下の脂肪組織にまだ黒ずんでいない血液が張りついているのを見て、君島は独り言のようにつぶやいた。

「FFPの威力はすごいね、さっきはあんなに止まりにくかったのに……血が固まってきてるよ」

すぐに腹壁の縫合は終わった。

「ありがとうございました」

麻酔医と器械出しの看護師に三人揃って頭を下げた。

「柊先生、これDICだからね、術後管理しっかり頼むよ。抗凝固はオルガランにしよう。病棟に帰ったら、血液の出入りをもう一度計算してね。そうそう、安川先生、血小板どうですか？」

「さっき血算を出したのですが、えーと、Hb《ハーベー》（ヘモグロビン濃度）は8・3（g／dl）、血小板は11万ありますね」

血小板は意外と下がっていないなと君島は思ったが、状況から考えてDICに間違いはないと判断した。

「柊先生、術後の血小板の動きにも注意してね。もし下がったらすぐに知らせてください。僕はこのあと、さっき外来で診ていたエクトピー（子宮外妊娠）の患者さんのオペをしなくてはいけないので、この患者さん、先生頼むね。矢口先生は次のオペを手伝って」

「わかりました。私、この患者さんを診てます」

奈智は、かぼそい声で応えたが、身体も心も消耗しきっていて、その場にへたりこみそうだった。

矢口の胸の鼓動も鎮まっていない。大量の出血に見舞われ、奈智が為す術《すべ》を無くして茫然としていた時、矢口も身を強張らせ足を震わせていた。この患者さんはこのまま死んでしまう！　その恐怖からはまだ覚めやらない。全身が今も小刻みに震え、声すら出せない状態で次の手術の助手を務める自信はなかった。それは君島にもわかっていたが、大量出血が二人に与えた衝撃は、遥かに奈智のほうに大きいことも明らかだった。

君島は冷静だった。気持ちはもう次の患者に向いている。最も厳しい状況、まさに修羅場での術者交代。とはいえ、最悪期は束の間に過ぎ去り、その前に奈智と矢口がさらされた恐怖を自らは味わっていない。しかも、今は美和子の救命に確信を持っている。緊急事態の患者を助けることが出来た喜びと満足感と、多少の興奮を引きずり、多弁にはなっていても、これまでのいくつかの似た経験がそれらの感情の膨らむのを抑えていた。

「エクトピーの患者さん、さっきエコーで診た時は腹腔内の出血は少量だったし、六階病棟から何も言ってこないし、そう急ぐ必要はないと思うけど、破裂したらいけないので早目に手術したほうがいい。矢口先生、さっき取っておいた血液のデータチェックしてくれる？　僕は病棟へ行って患者さんをもう一度診て、それから連れてくるよ。腹腔鏡下手術にしようと思う」

君島は手術室から出ていき、矢口もあとに続いた。

安川が循環動態（心臓の機能や全身の血流の状態）を調べ、美和子を麻酔からさます準備をしていた。美和子は体内の血液がほとんど失われ、一時は瀕死の状態に陥っていたのだが、短時間のうちに血液が補われたので臓器に障害は残っていない。自発呼吸も始まり、全身の機能はまたたくまに回復に向かっていた。

奈智は壁際の丸椅子に腰を下ろしていた。青ざめた顔に少しずつ血色が戻り始めている。しばらくして、朦朧としていた脳の機能が復活すると、その脳はつい数十分前の惨状を思い出させた。

どこからともなく、いや、いたるところから湧き出てくる出血、その血液が術野を覆い尽くして主たる出血点が見つからない、手が思うように動かない、患者は出血性ショックに陥り血圧が測れない、このままでは死んでしまう……

あの焦燥と恐怖が頭に呼び戻され、わなわなと膝が震え出した。

もし、あの時、君島先生が来てくれていなかったら、もし、血液の到着があと十分遅れていたら……

奈智は両手で顔を覆った。

なぜ、子宮切開創の左端を調べなかったのか？　あんなにひどく裂けたのは切開の部位が低すぎたのか？　もっとゆっくり、慎重に胎児を出せばよかった……

時間とともに遠のいてゆく恐怖に代わって、後悔の思いが押し寄せてきた。自分が不甲斐なく、また、惨めに思えた。

手で顔を覆ったまま、椅子に座って動かなかった。

「徳本さん、徳本さん、わかりますか？」

十五分ほどして、安川の声が聞こえた。

「柊先生、患者さん大丈夫ですよ。もう少しで、抜管出来ると思いますよ。そしたら、病室に帰しますから」

奈智の脳に美和子の今を伝える一言だった。

……

「徳本さん！　わかりますね、喉の管を抜きますからね」

……そうだった、この患者さんは……

「はーい、取れましたよ。口の中、キレイにしますからね、口を開けてください」

「エヘッー、ゴホン！」

「大きく息を吸って……そうそう、酸素をいっぱい吸ってください」

「フーーー、フーーー」

空耳ではない、美和子の呼吸する音が聞こえてくる。

よかった！　助かったんだ。

唇がかすかにそう動くと、その言葉に打ちひしがれた気持ちが包みこまれてゆく。

母児ともに助かったんだ、本当によかった。君島先生、矢口先生、安川先生、前橋先生、看護師さん、みんな、ありがとう。神様ありがとう……

涙がひとすじ、頬を伝った。

第2章　渦の中

　手術が終了したのは午前五時十分、奈智が美和子とともに入院棟に戻ったのは六時過ぎだった。産婦人科の一般病室は周産期フロアの上の六階にあり、美和子には、ナースステーションに最も近く、術後管理のしやすい621号室が用意されていた。美和子は麻酔からさめたとはいってもまだ眠っている。麻酔薬の血中濃度は充分に低下していて、強い呼びかけには目を開けることのできる状態だが、脳は深い睡眠の相にあった。

　病室では夫の慎一《しんいち》が落ち着かない様子で美和子の帰室を待っていた。慎一は陣痛で苦しむ妻をそばで見ているのがつらく、少し気分が悪くなったこともあって、外で冷たい風に当たっていたのだが、病棟に戻って〝緊急手術〟と聞かされ、不安を募らせていた。

「ご主人ですか？　手術は終わりました。赤ちゃん、大丈夫でしたよ。お母さんも……」

　病室に入った奈智は、出血の多かったことなどはあとで話すつもりで、この時は手術の転帰のみを伝え、美和子をストレッチャーからベッドに移す準備を始めた。慎一は、輸血のパックが目に入った時には心配そうな顔つきを見せたが、〝母子ともに大丈夫〟の一言が聞けたので、ほっと安堵の息を漏らした。

「少しの間、部屋の外で待っていていただけますか？　奥さん、ベッドに移ってもらってモニターをつけたりしますので、安心して休んでいただけるようにしたらお呼びしますね」

苦い思いは胸の内に留めておいて、笑顔でとはいえないまでも、奈智は努めて明るい口調で話した。

「わかりました」

と応え、慎一が出ていくと、奈智と二人の看護師は美和子をベッドに移し、ナースステーションで監視出来る心電図と酸素飽和度モニターをセットして、両足に血栓防止の器具を装着した。

「輸血は今の分が入ったらいったん終わりにしましょう。そのあとで血算（赤血球や血小板の数を調べる検査）を出すとして、この点滴、一本抜きましょうか？」

奈智は看護師の同意を得て、三本入っていた点滴の針を一本抜き、その腕に自動血圧計のマンシェット（バンド）を巻きつけた。血圧をチェックし、聴診器で肺の呼吸音を

聞き、毛布をきちっとかけなおした。そして、声を大きくして、

「徳本さん！　徳本さん！　わかりますか？　手術は終わりましたよ、病室に戻ってきましたよ」

と、麻酔からの覚醒を確かめた。美和子はわずかに瞼を開き、奈智を見て首を縦にゆっくり動かすと、何事もなかったように再び安らかな眠りについた。その顔をしばらく眺めて、

「赤ちゃんも、元気ですからね」

と言いくわえた時、奈智の顔にも、うっすらと心の晴れ間が表われていた。

看護師に、点滴の速度と次の輸液の種類、血圧測定の間隔などを指示して部屋を出た奈智は、ドアのすぐ脇で待っていた慎一に、緊急帝王切開が必要となった理由や生まれた赤ちゃんが心配したほど悪い状態ではなかったことと、出血が多くなって輸血を必要としたことは説明したが、術中の状況をそれ以上詳しく話すのは控えた。慎一も、結果的に二人が助かったことを素直に喜び、終始笑顔で頷いていた。話を聞き終えると、慎一は頭を下げ、両手で奈智の右手を握った。

「本当にありがとうございました」

奈智は、思わず「ごめんなさい、出血が多くなってしまって」と応えかけたが、喉元

でその言葉を呑みこんで、

「よかったです。本当によかったです」

と、もう一方の気持ちを口に出した。慎一の言葉をそのまま受け取るのは気が引けるが、それは苦労の労《ねぎら》われる一言に違いなく、大量出血への悔恨の思いも薄めてくれる気がした。

奈智に感謝の気持ちを伝えた慎一は、駆けこむように妻の眠っている病室に入っていった。

*

ナースステーションに入り、机に向かった奈智は、まずグレードAカイザーに至った経過を整理してカルテに記載した。次に手術記録を書き始めたが、書く手が進まない。手術記録は午後にしようと決め、帰室後の美和子の状態を記載し、出血量と尿量、輸血と輸液のバランスを計算した。輸血と新鮮凍結血漿の量は充分足りていたので、輸液は維持量として、この症例で大切な抗凝固薬と抗菌薬を加える処方をした。抗凝固薬には、君島から、オルガランを使用するように指示を受けていた。抗菌薬としては、GBSの胎児への感染を防止する目的でビクシリンが投与されていたが、生まれたあとはその目的がなくなる。これからの抗菌薬の投与は、一般的な術後感染の予防が目的である。美和子が前期破水であったこととグレードAカイザーのために産道の洗浄が行なわれなかったことなどを考慮して、ビクシリンを、より多くの種類の細菌の増殖を抑えるセフォタックスに変更した。

術後の業務やカルテ記載に追われ二時間ほどたった時、「柊先生、おはよう」と、入局以来最も仲の良い同い年の助産師、小山淑恵《こやまよしえ》がうしろから肩をたたいた。振り返った奈智を見て気づかう目で問いかけた。

「先生、疲れた顔してる。何かあったの?」

奈智の話を聞いて、声を大きくし、

「え!　グレードA!　そうだったの……それは大変だったね。疲れるはずだわ」

と同情を寄せ、さらに共感も示してくれた。

「でも、何はともあれ、母児ともに助かってよかったわね、私たちの仕事は結果がすべてみたいに言われるからね」

午前八時が近づくと、日勤の助産師と看護師がぞくぞくと入室してくる。それに混じって、榎原浩史《えのきはらこうじ》婦人科病棟医長が現われた。当直以外で、朝一番早く病棟に来るのはいつも榎原である。奈智の顔を見て、「何かあったのか？」と、同じ事を訊いてきた。

「産科か」

榎原は自分の責任である婦人科患者に問題があったのではないことにほっとしたようだ。

産婦人科の勤務は産科班、婦人科班、不妊班と三つの班に分かれていて、若手の医師たちはそれらをローテーションし、上学年の助手や講師クラスになると勤務は自分の専門領域にほぼ固定される。しかし、当直医は三人ですべての領域をカバーする体制となっていた。

「グレードAは最初から君島がやるべきじゃないか」

「それが……エクトピー（子宮外妊娠）の患者がいて」

「エクトピー？　腹腔内の出血が多かったのか？　よほど患者の状態が悪くない限り、グレードAを優先すべきじゃないか。それにエクトピーだったら私に連絡してくるべきだよ、婦人科班の担当だ」

そう不満げに言って、榎原は温度板のチェックを始めた。

榎原と君島は同期の入局で、六人の入局者の中ではこの二人が抜きん出て優秀だった。教授からの信頼も厚く、二人はそれぞれ、婦人科班、産科班の責任者として城南大学病院の産婦人科を支えている。それだけに榎原の君島へのライバル心は強い。

奈智がカルテに術後管理計画の記載をすませたのは九時近くだった。すぐに外来が始まる。その前に美和子の採血をしておこうと机を離れた時、矢口が手術室から戻ってきた。

「エクトピー、どうだった?」

「腹腔内の出血量は君島先生の予想通り約100mlで、手術はまったく問題なかったです。徳本さんどうですか? 君島先生が、続けて予定カイザーに入るので、様子を知らせてくれって」

「さっきは落ち着いていたけど、一緒に行ってみましょう」

二人は美和子の部屋に行き、全身状態に問題のないことを確かめて血液を採取した。それを持ってエレベーターで二階に降り、渡り廊下を並んで歩いた。

「昨夜、ここを走ったんですね」

「何日も前のような気がするわ」

二つの棟をつなぐ連絡通路は半円筒状をした透明のガラスで囲われていて、そこには白々と朝の光が射しこんでいた。中央棟に入ると、矢口は血液を持って検査室へ、奈智は外来診察室へと足を早めた。

＊

外来患者を診終わったのは二時頃だった。奈智はいくらか空腹を覚え、売店でサンドイッチを買って病棟に戻った。この日は午後に教授回診のある火曜日だが、教授が海外に出かけているため、総回診は中止となっていて、そのことは奈智に時間のみでなく気持ちのゆとりも与えた。

当直室で昼食を取っているところに矢口が入ってきた。

「徳本さんの朝の血液データ、まったく問題ないです。Hb《ハーベー》も血小板も正常でした。君島先生には連絡しておきました」

「予備に取っておいた輸血のパックはもう返していいわね」

「はい、そうします」

短い間を置いて、矢口が切り出した。

「先生、私、あの時はもうだめかと思いましたよ」

「私も、どうしたら良いのかまったくわからなくなって……矢口先生は平気そうだったじゃないの」

「とんでもないですよ！　私、足が震えて、心臓もおかしくなりそうでしたよ」

矢口は足が震える身ぶりをし、手を胸に当てた。

「カイザーでの大量出血は何度か経験があるけど、自分の責任であの出血を止めなければと思うのと、隣で手伝っているのとはまったく違うのよね……自分の力があんなものだと思うと情けない気がする」

「でも、患者さん、助かったんですから」

奈智がこっくりと肯いて、サンドイッチを食べようとすると、矢口が続けた。

「徳本さんですけど、初めから出血が多かったと思いませんか？」

「そうね、そういえば最初にお腹を切った時、出血が多いなという感じはしたけどね。徳本さん、血液の病気とかないよね？」

「カルテを見る限り、何もありません。前のお産でも出血量は平均的で、確か300ml くらいだったと思います。産褥の経過も異常なしと記載されています」

「そうよね、妊娠中にチェックしてあるはずだしね。矢口先生、昼食は？」

矢口は昼食どころではないようだ。

「私、胎児の心拍数が下がった時からずっと……今でも、まだ興奮していて、まったくお腹が空かないんです。エクトピーの内視鏡手術にも入ったし、そっちのほうは頭がぼーっとしていて、ただ言われたとおり器具を動かしていただけなんですけど、でも昨日の一晩ですごい勉強をしました。産婦人科医療の厳しさの洗礼も受けたし、ほんと、まだ興奮しているんですよ。でも私、若いから大丈夫ですよ」

「私が若くないみたいじゃないの！　そんなに年違わないのに」

と、奈智も頬を緩め、サンドイッチを口に運んだ。

「でも、先生、やっぱり疲れた顔してますよ。今日は早く帰って、ゆっくり寝てください。今日は回診もないし、夜の検討会や勉強会も、何もなかったですよね」

「大丈夫よ。私だって若いんだから。まだ、受け持ちの患者さんも診てないし」


二十人近くいる受け持ち患者の中には、病状が安定せず、特にケアーが必要な人もいたのだが、幸いなことにこの日は皆落ち着いていた。奈智は、受け持ち患者の検査結果を調べてカルテに記載し、翌日の検査オーダーなどをすませ、もう一度美和子の状態が安定していることを確かめてから、最後の仕事、手術記録の記載に取りかかった。反省点の多い手術で、気が進まなかったが、〝手術記録はどんなことがあってもその日のうちに記載するように〟と、日頃、教授から厳しく言われている。

手術記録

氏名：　徳本美和子　年令：　二十八歳　体重：　六十二ｋｇ
日時：　平成十五年十月十四日　午前三時二十六分
手術時間：　一時間四十四分
術者：　執刀医　柊奈智、第一助手　矢口恵子、第二助手　君島和彦
術前診断：　妊娠三十八週四日、胎児ジストレス
術後診断：　同右
術式：　帝王切開（グレードＡ）
麻酔法：　全麻（気管内挿管）　麻酔医：安川俊明
術中出血量：４５００ｍｌ　輸血量：３８００ｍｌ
輸液量：　４３００ｍｌ
輸血内容：　赤血球ＭＡＰ19単位　ＦＦＰ19単位
手術経過：
（一）下腹部正中切開で開腹。皮下の脂肪層からの出血が多量にあったが、児の娩出を急ぐため止血せず、筋膜を切開し、左右の腹直筋を分離した。
（二）…………

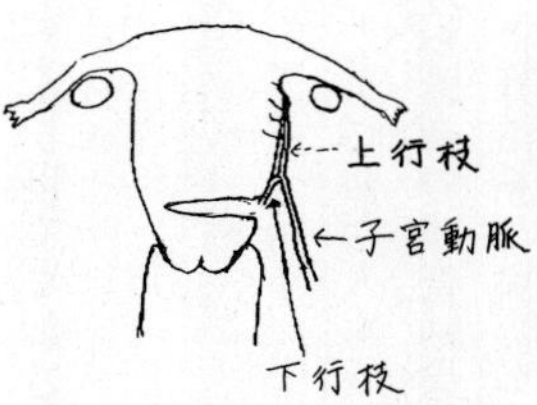

（十一）……………………

（十二）02号バイクリルで脂肪層を縫合、皮膚はステープラーで合わせ手術を終了した。

柊　奈智　記

奈智は、（二）～（十一）の項、特に子宮筋の切開、胎児の娩出、とその後の出血の状況を、反省の文章を交えながら詳しく記載した。書き終えたあと、ふと思った。執刀は君島先生にしたほうがよいかもしれない。肝心なところは君島先生にやってもらったんだ……

執刀医の〝柊奈智〟にボールペンで縦線を入れ、右に〝君島和彦〟と書き加えた。しかし、最初に執刀したのは奈智である。そう思い直して、それをまたボールペンで消し、〝執刀医　柊↓君島〟と書き直した。そして〝第二助手　君島〟に同じような縦線を入れた。書き直した部分は読みづらくなってしまったがそのままにして、修正印は押さなかった。

手術記録の記載を終え、帰る前に四階のNICUを訪ねると、帝王切開の時に新生児の蘇生に来てくれた前橋がいた。

「先生、朝はどうもありがとうございました。赤ちゃんどうですか？」

「まったく問題ないですよ。そこのコット（新生児を寝かせるベッド）にいますよ」

奈智はコットに近づき、覗きこんだ。新生児はすやすやと眠っている。

「2900gの男の子ですよ。明日は五階の一般新生児室に移す予定です。それより、あのあと大変だったんですって？」

「ええ、出血が多くて、それでDICになったものですから」

「今は大丈夫なんですか？」

「もう大丈夫だと思います。出血は完全に止まっていますから」

心配そうに訊く前橋にそう答えられることを〝幸運だった〟と思った。

「お母さんに何かあったら、この子、母なし子になっちゃうからね。産科の先生は大変ですよね。胎児とお母さん、両方を診なくてはいけないから」

「先生も遅くまで大変ですね」

「お互いにね、当直した次の日も仕事でしょう。今日はそろそろ帰ろうと思ってますよ。柊先生も早く帰って休まなくっちゃ。明日、予定カイザー入ってたでしょう？　確か前回帝王切開の人。先生が受け持ちって、この前のミーティングで言っていたじゃないですか」

奈智は、ついさっき回診して術前処置のオーダーを出したその患者の手術を、明日自分が執刀するという意識に欠けていた。この日の奈智の頭はほとんど美和子に占められていたのだ。

「そうでした。何かあったら、よろしくお願いします」

ＮＩＣＵを出て着替えに当直室に向かったものの、明日の手術が不安になってきた。六階病棟に行き尋ねると、君島は医局だと言う。医局は病院から少し離れた別の建物の中にある。帰りに立ち寄って頼んでみた。

「明日のカイザー、誰かに執刀を代わってもらえませんか？」

「柊先生、ああいうことは誰にでもある。皆、そういう経験をして成長してゆくんだ。私だって、数えきれないくらい、痛い思いをしてきている。そういう経験をしてきたから今があると思っている。そんな事で挫けちゃダメだ。反省は反省。明日は頭を切り換えてやればいい。緊急じゃないし、ゆっくり落ち着いてやりなさい。大丈夫だよ、君なら出来る」

奈智が素直にその言葉を受け入れた時、時刻は午後九時を過ぎていた。

長い一日が終わった。正確に言うと一日ではなく、休日の朝九時前から病院に来て昼間の業務を行ない、その夜の当直からこの時刻まで、実に三十六時間を越す勤務であった。

奈智は、家に電話を入れた。

「お母さん、これから帰ります」

「なっちゃん、雄太《ゆうた》はすっかり元気になったよ、ごはんもよー食べて。なっちゃんは、ごはん、まだやろう？　用意してあるから、気をつけて帰ってきてね」

「雄太……そう、そんなに元気になったの、よかった。まだ起きてる？」

「さっき眠ったところよ。まだ完全ではないんかな？　今日は元気になったんで、昼間、はしゃぎすぎたのかもしれへんね」

「帰ってから詳しくね、じゃあ」

昨日の朝、家を出てから今の今まで、雄太の病気のことはすっかり忘れていた。〝良くなったのはいいけど……もう眠っちゃったのか〟と思いながら、帰宅を急いだ。

＊

奈智は目黒区緑ヶ丘にあるマンションに2LDKの部屋を借り、母親の伸子《のぶこ》と四歳になる子供の雄太と暮らしている。

〝暮らしている〟という表現は正しくないかもしれない。そこは住居ではあるが、奈智にはそこで暮らしているという実感がない。生活の場はほとんどが病院で、自宅には、伸子と少しの会話を持ち、雄太の寝顔を見て、あとは眠るだけのために帰る毎日である。いや、それも違っている。月のうち、少なくとも十日は自宅に帰れない。大学病院と品川南病院でそれぞれ週に一度の当直があり、それに、土曜と日曜の分が数回加わる。

奈智の大学病院での職名は員外助手で、助手定員の枠外で勤務する医師である。現在、日本のどの大学病院も財政が苦しく、講師や助手などの定員数を減らしている。しかし、大学病院の医療水準を保つためには人員が必要で、員外助手のポストを作り補充しているのだ。給料は驚くほど安く、一般企業の大卒の初任給の半額以下で、ボーナスもない。員外助手に限らず、大学病院の医師の給料は安い。そのかわり、週に一度、アルバイトの日がある。奈智の外勤（アルバイト）先は品川南病院で、木曜日は朝九時から外来、午後は病棟勤務に就き、そのまま当直業務に移行する。そして、金曜日の朝はその足で大学へ向かわねばならない。当直の夜は、何事も起こらなければ眠っていられるが、そのような夜は少なく、あっても、胎児の心拍音を聞きながらの浅い睡眠のことが多い。

品川南病院は小さな病院だが、総合病院として産婦人科も標榜していて、お産を取り扱っているので当直医を雇わなければならない。でなければ、そこに勤める二人の産婦人科医師は一日おきに当直をすることになる。他の科でもそれぞれの事情があって、そのため、近隣の病院が大学病院からのアルバイト医師を受け入れ、一日で大学の一週間分以上の給与を支払う。大学病院は、本来医師に支払うべき給料の半額以上をアルバイト代で賄ってもらい、医師の人件費を下げ、支出を抑えることが出来る。このような近隣病院との特異な関係が、日本の大学病院の苦しい財政を支えているといえる。奈智にとっても外勤は必要で、これがなければマンションの家賃を払って三人で暮らしてゆくことは出来ない。問題は当直である。翌日が休みならまだ良いのだが、医師の当直には前後に昼間の勤務がつながっている。月に十数回にも及ぶこの過酷な長時間勤務が、奈智の生活を圧迫していた。

伸子の「おかえり」の声を聞いて、奈智はいつものようにまず寝室に入った。ベッドでは雄太が静かに寝息をたてていて、額に手を当ててみると熱は引いたようだ。着替えをすませ、もう一度寝顔を見てそうっと頭を撫でた。雄太は目をさまさない。

今が一番かわいい時期なんだろうに、もう少しこの子と一緒にいられる時間があったら……

「なっちゃん、ごはんの用意できましたよ」

伸子の声に促され、奈智は寝室を出て食卓についた。

「雄太、すっかりいいみたいね」

「薬がよう効いたんやね、昼間は走り回って遊んでね」

「外で遊んだの？　まだ外には出さないでって言ったのに」

「家の中でよ。それで、昨日の当直はどうやった？　少しは眠れたん？」

遅い夕食のテーブルをはさんで、伸子と会話を交わす貴重な時間である。奈智は家を一歩出たら家族のことは忘れてしまう。病院では受け持ち患者が第一という医師としての職業的習性が身についてしまっているといえる。この日も、電話で伸子から言われるまで、雄太の発熱のことはまったく頭から離れていたのだ。

「緊急の帝王切開があってね、大変だった」

「あなたが手術したん？」

「そう」

「お父さんが聞いたらびっくりするやろね。なっちゃんが手術をするようになったやて」

「あたり前でしょ。これでも産婦人科の医師ですからね、帝王切開くらいしますよ」

「それで、うまくいったん？」

「……出血が多くてね、君島先生に助けてもらったの」

「君島先生といえば、なっちゃんが学生の時、実習でお世話になった先生でしょ。とても優しくて、よく教えてくれて、それで産婦人科に興味が出てきたって言うてたあの先生？」

「そう、今は産科病棟医長」

「医長先生はやっぱり手術とか上手なんやろ？」

奈智は答えなかった。〝君島先生に助けてもらった〟などと言わなければよかったと思った。伸子が訊くので、病院でのことや患者の話を、奈智はちょくちょく家でする。

「それで患者さんは大丈夫やったん？」

「大丈夫に決まってるでしょう。大丈夫でなかったら、今頃、ここでごはん食べていられません」

決めてかかったような話しぶりがかえって伸子を心配させた。

「あなたたちの仕事は、人の命に関わる責任の重い仕事やからね、慣れっこになったらあかんよ」

「慣れっこになんかなってません。いつも一生懸命やってるんだから」

「それは、わかってますよ。でもね、ちょっとしたミスが大事《おおごと》になる仕事やからね、お医者さんゆうのは」

「ミスなんかしてません！」

少し強い口調になった奈智は、母親が作ってくれた料理を半分残したまま、

「私、疲れたから、シャワーを浴びて寝ます」

と言うと、立ちあがって浴室に向かった。


奈智は中学生の時に父親の紀本義男《きもとよしお》を亡くしている。義男はくも膜下出血で倒れ、入院したその日に息を引き取った。一人娘の奈智を、それこそ目に入れても痛くないほどかわいがっていた。海と山に恵まれた和歌山県の串本で県立高校の英語教師をしていた義男は、山歩きが好きで、休日はカメラを持って近くの山に登り写真を撮ってくる。特に好みの被写体が那智の滝であった。奈智が生まれた時、その滝の名前をつけたかったのだが、〝那落の底〟の〝那〟を避け、〝奈〟に変えた。近年では〝奈落〟とも書かれることを知らなかったのである。

父親の死を契機に芽生えた奈智の医学への志を知ったのは、伸子より叔父の康男《やすお》のほ

うが早かった。康男は内科の医師で、大阪で開業している。一家の柱を失った二人を経済的にも支援し、城南大学医学部の受験を勧めたのも、奈智が医師国家試験に合格したとき最も喜んでくれたのも康男であった。ただ、姪が産婦人科専門医を目指すことには、最後まで反対した。産婦人科医師の忙しさ、業務の厳しさ、そして責任の重さを知っていたからであった。そんな叔父の反対を押しきって、自ら選んだ道を邁進する奈智の毎日に、伸子は、我が子を戦場に送りこんでいる母親にも似た心配を重ねていた。伸子の気持ちは奈智にも痛いほどわかっている。シャワーを浴びたあと、キッチンで食器の片づけをしていた伸子に話しかけた。

「お母さん、来週の日曜日、久しぶりに休めるから、雄太の欲しがっていた機関車トーマスを買いにデパートへ行こうと思うんだけど、お母さんも一緒に行かない？」

「そうやね、たまには買い物にでも行きましょうか。雄太とも遊んでやらなぁー、あなたは病院に行ったら子供のことも忘れてしまうんやから……それより早く寝たほうがええよ、明日も早いんやろ」

「おやすみなさい」

やっと眠ることが出来る。食事を取るよりも早く寝たかった奈智はベッドにもぐりこんだ。それを感じたのか、眠っているはずの雄太が抱きついてきたが、奈智は雄太の温もりを感じる間もなく深い眠りの中に落ちていった。

＊

あくる日病院に着くと、真っ先に621号室に行った。美和子は眠っていたが、昨夜からの状態を看護師に訊き、術後管理の経過表にも目を通して、異変のなかったことを確かめた。それから、この日手術予定の患者の部屋に寄り、不安を軽くするための言葉をかけて、一足先に手術部に向かった。

更衣室で着替えをして五号手術室に入り、入室してきた患者の術前処置を手伝ったあと、いったん部屋を出て手洗いを行なった。その間じゅう、奈智は美和子の手術での反省点を思い起こしながら、この日の手術手順を頭に描き続けていた。手洗いをすませ、術衣を着せてもらうまでは普段と変わらない気持ちでいられたのだが、いざ執刀の位置に立つと急に抑えきれない不安が湧きあがり、手術をする気力が萎《しぼ》んでしまった。

「君島先生、執刀を代わってくれませんか？　私……やはり自信がありません。私、助手を務めます」

「何を言ってるんだ。そんなことを言っていたら、一生、帝王切開の出来ない産婦人科医になってしまうぞ。前に一緒にやった時、君の手術はなかなかしっかりしていると思った。君たちの年代では上手いほうだよ。逃げちゃダメだ。こういう時に逃げることを考えていると本当の臨床の力はつかない」

奈智は君島の顔を正視することが出来ず、第二助手の位置にいる矢口に目を移した。

『先生、やってください。先生なら出来ますよ』

励ましの視線を感じた奈智はメスを握った。

「よろしくお願いします」

下腹部の前回の手術痕に沿って切開を入れた時、手は震えていなかった。腹壁の脂肪層からの出血も少なかった。前回帝王切開の症例は癒着が強いと剝離が難しい。いつもにまして慎重に操作を進め、子宮筋の切開部位や針をかける箇所が正しいかなども、逐一、君島に尋ねながら胎児を娩出させ創の縫合を行なった。そのため普段より時間がかかったが、奈智は驚くほど落ち着いて手術を完遂することが出来た。

「ありがとうございました」

奈智の弾んだ声に、帽子とマスクの間から四つの目が微笑んでいた。

病棟へ向かう足取りは心なしか軽かった。今日は分娩番でもある。周産期フロアには二人の産婦がいたが、一人は、手術をしている間に、助手で同じ班の上司にあたる鳥海《とりうみ》敬《たかし》が担当してくれて無事に出産し、もう一人は陣痛が始まったばかりで助産師がケアーしていた。五階に着くなり、鳥海が声をかけてきた。

「柊先生、カイザー、すんだの？　前回帝切でしょう？　癒着強かった？」

「ええ、膀胱がかなり強く子宮下部に癒着してました。でも、何とかやれました」

「それはよかった。ちょっと心配してたんだよ」

「すみません、ご心配をかけてしまって」

昨日のグレードAカイザーのことは、病棟中の医師と看護師の間で話題になっていた。奈智が気落ちしているのではないかと心にかけてくれる者も少なくない。鳥海もその一人だった。

「陣痛の来ている人がいるけど、今日は僕が分娩やっておくから、先生は受け持ち患者を診てね。特に徳本さん、頼むよ。今朝の血液のデータは問題なかったけど、また、チェックしておいてね。それから、オルガランはもう一日投与しておこう。DICが再燃すると困るからね」

そこに、奈智と同期の入局で産科の別班の勤務に就いている井本慶《いもとけい》が通りかかった。

「柊先生、大変だったね。あんなに出血して、血液が届かないんじゃ、生きた心地しなかったでしょう。僕が同じ状況になったらと思うとぞっとするよ。いつ、また似たようなことが起こるかわからないし、恐いねー、お産は」

井本は優秀な成績で大学を卒業し、同年代の中では最も勤勉で、業務を完璧に遂行するのみでなく、普段から勉強もよくしている。ただ、彼には気の弱いところがある。昨日の大出血の話を聞いて、とても人事《ひとごと》とは思えなかった。明日は我が身か、と考えてしまう。

「先生、今日よく手術できたね、感心するよ」

「逃げちゃダメだって、君島先生に言われて」

六階への階段に向かおうとした奈智に、鳥海が大事なことを知らせてくれた。

「そうそう、言い忘れてたけど、徳本さん、卵膜付着だったよ」

「え！　そうなんですか？　それで胎児心拍数パターンがあんなに急に悪くなったんですね」

「そうなんだよ。胎児ジストレスがあまりにも急激に起こっているので、胎盤か臍帯に何かあったのかなと思って、調べたんだ。あとで先生も見ておくといいよ、冷蔵庫に入っているから。よく調べたらそのあと、病理（検査）にも出しておいてね」

奈智も矢口も娩出後の胎盤の検索を忘れていた。助産師は、型通りの計測を行なったのだが、胎児ジストレスの原因検索との意識を持って特に注意深く調べることをしなかったため、臍帯卵膜付着に気づかなかった。このことが、あとで教授に知れたら叱られるところだった。このような症例の報告に際しては、いつも〝胎児ジストレスの原因は？〟と質問され、胎盤や臍帯の所見を問われるからである。

今期の勤務はメンバーに恵まれている。皆に支えられていると、奈智はつくづく思った。

＊

受け持ちの中には美和子の他にも気になる患者が数人いた。その一人が一絨毛膜双胎の南友子《みなみともこ》であった。

「南さん、今日はどうですか？　お腹、張りませんか？」

奈智は６０３号室の奥のベッドを訪ねた。

「少し張るような気がします、一時間に一～二回くらいですが。最近、だんだんお腹が重くなってきて」

「双子ちゃんだからね、お腹はどんどん大きくなりますよ。今日は超音波で赤ちゃんの様子を調べましょうね。他の患者さんのところを回ったら、超音波室にお呼びしますから、ちょっと待っていてくださいね」

友子のベッドのカーテンを閉め、隣の患者に声をかけた。

「筒池《つついけ》さん、今日はいかがですか？」

かおりは横を向いたまま返事をしない。奈智はベッドの脇に回って、肩に手を当ててもう一度声をかけた。

「筒池さん、どうしました？」

顔だけを上に向けたかおりは涙ぐんでいた。奈智はしゃがみこんで、留置針の入っている手の甲に自分の手を重ねた。

「点滴、苦しいですか？」

筒池かおりは妊娠三十週、切迫早産で入院している。子宮の収縮が早期から起こり、子宮口が少し開きかけていたため、収縮抑制薬を長く点滴され続けていた。それに加えて、かおりには辛い現実があった。胎児の口唇口蓋裂が診断されていたのである。最近はそのような小さな病気も妊娠中に診断されることが多く、病気はかおり夫婦に知らされていた。この病院では、超音波検査を行なう前に、質問用紙を使った患者の意思の確認が行なわれる。かおりは、胎児の病気などについて、〃検査でわかったことはすべて知らせてほしい〃の項にチェックを入れていた。それにしたがって、夫婦は、病気と生まれてからの治療についての詳しい説明を、産科、形成外科、歯科の医師たちから受けていた。カウンセリングは二週間前に行なわれ、その時、かおりは冷静で、現実をしっかり受け止めているように見えたが、内実は違っていた。その子を育てることに自信が持てず、心の揺れが激しい。奈智たちの言葉を自分に言い聞かせて消し去ったはずの不安が、次の日にはまた戻ってくる。時には絶望的な思いに陥る日もあった。

「柊先生、私、この子を育てる自信がありません。このまま早産して、死んでしまったほうが楽だと思ったりするんです」

と言い出すや、目から涙が溢れ出した。

「筒池さん、大丈夫ですよ、キレイに治りますから。この間、形成外科の先生が手術のあとの例を、写真で見せてくれたでしょう、まったくわからなくなっていたじゃないですか」

奈智はかおりの手を握り、嚙み砕くようにゆっくり話した。

「最初はね……手術が出来るようになるまでは、ミルクをあげる時とか、お母さんは大変だけど……お母さんがしっかりしてあげないと。それにね、まわりは心配するけど、赤ちゃんは自分で気にするわけじゃないし、そう困ることもないんですよ。手術も絶対にうまくいくし、間違いなく元気に育ちますよ。他に病気は何もないし……お母さんとお父さんの愛情で、この子を守ってあげないと」

かおりは仰向けになり、病衣の袖で涙をぬぐうと、奈智の手を強く握り返して小さく肯いた。奈智は続けた。

「それにね、早産はなんとしても防止しなくては……未熟なままで生まれたら、お母さんの負担が大きくなるだけですからね。今が一番大変で辛い時ですけど、強い気持ちで頑張ってくださいね。あなたなら立派に育てられますよ」

かおりが少し安心した面持ちを見せたので、奈智もほっとした。

「また、来ますからね。生まれたあとの手術のこととか心配になったら、いつでも呼んでください、もう一度形成外科の先生に説明してもらってもいいし……それから、あなた自身の症状、何か変わったことがあったら何でも言ってくださいね」

手を離して立ちあがり、部屋を出ようとした時、入口に近いベッドから呼ぶ声が聞こえた。

「先生！」

若い、明るい声だ。奈智は頭の側の壁に貼られているネームプレートに目をやった。〝山本利香子〟、自分の受け持ちではないが、年齢と様子から〝子宮外妊娠の患者〟とすぐ気づいた。病棟が混んでくると、産科と婦人科の患者が同室になることもある。

「先生、お腹痛いんだけど、診てくれる？」

「ちょっと待ってね」

奈智はベッドの横に回り、

「じゃあ、お腹を出して、ひざを立ててね」

と言って腹部の触診をした。

「痛い、痛い。そこ、そこが痛い！」

痛いと言っているのは、内視鏡を挿入するために切開された腹壁の小さな傷のところで、他に異常はなく元気そうだ。

「ここ？　これ、皮膚の傷のところよ」

「なぜ痛むの？　昨日はほとんど痛くなかったんだけど」

「手術、昨日の朝でしょう？　今日は歩いたの？　たくさん？」

「うん」

「そのせいじゃない？　歩きすぎたのよ」

「でも、榎原先生がどんどん動きなさいって言ったんで」

「術後の回復を早めるためには動いたほうがいいんだけど、程度問題ね。今日は少し控えて、明日様子をみながらまた歩きましょう」

利香子はにこにこと頷いて、

「柊先生はこの前の夜、緊急の帝王切開をした先生でしょう？」

と話しかけてきた。

「なぜ私のことを知ってるの？」

「名札に書いてあるじゃない」

そう言って奈智の胸を指さした。

「手術を担当してくれた君島先生が、外来で〝柊先生に手術を始めてもらってください〟と言ってたのを覚えているのよ。うまくいったの？」

奈智は、一瞬、大出血のうわさがもう病棟の患者の間にも広がっているのか、と愕然としたが、利香子の顔を見ると、とても悪気があるふうには感じられない。そうはいっても、詳しく話す気にもなれない。

「まあね」と適当に答え、気にしないことにした。

「先生、優しいのね。隣の話、聞いちゃった。先生は何でお医者さんになったの？」

他意はなかったようだ。母親の前では小さくなっていた利香子だが、高校生の身で妊娠したことに悪びれた様子も見せず、屈託なく次々と奈智に話しかける。内視鏡の手術は回復が早い。もうすっかり元気で退屈に思っていたのか、若い女性医師で話しやすかったのだろうか、奈智の働きぶりに興味を持ったようでもあった。

「私？　私はね、中学の時に父親を病気で亡くしたの。それがきっかけかな」

「じゃあ、どうして産婦人科やってるの？」

「産婦人科の仕事がね、私には一番やりがいのある仕事と思えるからよ。実習で興味を持ってね、感動することも多いし」

「高校の時、勉強した？」

「それはしたわよ。一生懸命ね」

「私も勉強して医者になろうかな」

「それもいいね。自分が病気したのをきっかけに医者になる人も多いわよ」

「でも、勉強嫌いだしなー」

「もうすぐ退院だから、まあ、家でゆっくり考えなさい、お母さんとも相談してね。それより気をつけるのよ、こんなこと繰り返してたら、大変なことになるよ。子供を生めなくなっちゃうかもしれないし」

「え、私、子供生めなくなっちゃうの？」

「今は大丈夫。手術の説明を聞いたでしょ。山本さんは卵管を一つ取らなきゃならなかったんだけど、卵管は二つあって、一つ取っても妊娠はできるから」

「よかった」

「避妊の方法知ってるでしょ？　絶対にちゃんとしなきゃだめよ」

奈智は少し強目に注意を与えて部屋を出た。


受け持ち患者の回診をすませると、双子の胎児に異常がないかを調べるために友子を超音波検査室に呼んだ。モニター画面を見せながら胎児の位置や向きなどを簡単に説明したあと、詳細な観察を始めた。友子は心配で、じっと奈智の顔つきを窺っている。

まず目に映ったのは羊水量の差であった。左の児は羊水が少なく、右の児は多い。これは双胎間輸血症候群で最初に現われる徴候で、もう、診断基準を満たしているかもしれない。この症候群は一卵性双胎の中の一つのタイプに起こる。双胎児の血管が、共有する胎盤でつながっている（吻合血管）ため、一方の児の血液が他方に流れこんで、それぞれに貧血と多血症を引き起こす。進行すると、種々の重篤な症候（症候群）が現われ、放置しておけば両児ともに命が危くなる恐ろしい病気である。

奈智は気持ちを顔に出さないように淡々と観察を進めた。胎盤と臍帯に吻合以外の異常のないことは前に調べてあったが、再確認を行なった。これらに問題はない。次に胎児の頭の大きさと腹囲と大腿骨の長さを計測し、体重を計算した。左の児の推定体重は630gで、右の児は940g、大きな較差がある。前回の検査で両児の発育に少し差の生じていることはわかっていたが、その差が一段と開いていた。次に両児の膀胱の大きさを調べた。右の胎児の膀胱は普通より大きく見え、左の児のほうは小さく見えた。これは尿量の差による。胎盤の吻合血管を通して大きい胎児のほうに血液が多く行きすぎているため、その児の尿産生が多くなり、逆に小さい胎児は貧血になって、尿量が減っている。最後に両児の動きを観察した。どちらも動きは良い。呼吸様運動もある。羊水の少ない左の胎児もまだ元気そうだ。しかし、双胎間輸血症候群の徴候が現われ始めたことは確かであった。奈智は自分の心配を友子に悟られないように、作り笑顔で言った。

「赤ちゃん、二人とも元気そうですよ、発育に少し差がありますけど」

「双胎間輸血にはなっていないんですよね」

友子は、以前に奈智から説明を受けていて、自分の子供たちの問題をよく理解している。奈智は、その心配が出てきた、とは言わずに、答えた。

「今のところはまだ大丈夫そうですよ。でも、このあとも注意して、よーく診てあげなくてはね」

〝双胎間輸血症候群〟の診断が確定された場合、早い時期では、レーザーで胎盤の吻合血管を焼いて血液の交流を断つ治療や、多すぎるほうの羊水を除去する処置を行なうこともあるが、妊娠が進んでいる時は胎児を子宮から出して胎盤から切り離し、新生児として哺育するのがよい。しかし、そのタイミングが難しい。早すぎると早産のための未熟性が問題となり、遅すぎると命は助かっても後遺症の残る場合がある。友子は妊娠二十七週、いつ分娩にするか？　この方針決定は奈智に任されたものではなかった。

友子を病室に送ったあと、奈智は上司の鳥海に検査の結果を報告した。鳥海の反応は、「いやな感じになってきたな、でも、午前中のNST（胎児心拍数の検査）は問題なかったし、今日とか明日とかという必要はないだろう。あと一週間でも二週間でも粘りたい」であった。できるだけ妊娠を継続して胎児が少しでも成熟するのを待つ方針に異論はないが、羊水量の急激な変化を自分の目で見ている奈智は、友子の状況を鳥海より厳しく認識していた。

＊

夕方に美和子を訪ねると、面会時間と重なって、部屋には、慎一とその母親と二歳になる長女が見舞いに来ていた。美和子は目をさましていて、奈智が入ってくるのに気づいた。

「柊先生……ありがとう……ございました」

まだ、声に張りはなく、お腹を動かさないようにゆっくりと発せられた一言だったが、奈智は胸が熱くなるのを覚えた。

「元気になられて、よかったです。私も……本当に嬉しいです。赤ちゃんも無事でしたし」

慎一と母親の顔にも喜びが溢れていた。子供にもその気配が伝わるのか、部屋の中を走りまわっている。

「これこれ、お部屋の中で走っちゃだめよ」

母親が注意する。

子供の様子に気を取られていた奈智に、慎一が言った。

「家内から聞きましたけど、あの夜、先生は疲れていらして、手術室まで走ったあと、気分を悪くされたそうですね。それでも、子供のために手術してくれたんですね、本当に感謝しています」

「あれは脳貧血なんです。私、血圧が低めで、朝、勤務に遅れそうになって走ったりすると、時々、脳貧血を起こすんですよ」

話しやすいと思ったのか、慎一の口が軽くなった。

「先生もお子様がいらっしゃるんですって?」

「ええ、男の子なんですが、あっというまに大きくなって……今年から、もう幼稚園に通っています」

「へぇ、そんなに大きいんですか？　先生お若く見えるけど」

「私は、そんなに若くはありませんよ。気は若いつもりですけど、もうすぐ三十の大台に乗ります」

　奈智は笑って応えた。

「子供は卒業前に生まれたんです」

「えらいですね。子育てをしながら勉強もしたんですか？」

「いいえ、ちっともえらくなんかないですよ。でも、あの時は出産と卒業試験、そのあと、国家試験と続いてちょっと大変でしたけど」

「きっとご主人が理解のある人で、育児を手伝ってくれたんでしょう？」

　母親が会話に加わってきた。奈智は少しためらったが、

「夫とは離婚したんです」

　と正直に言った。

「まあ、ごめんなさいね。慎一さんがお子さんのことなんか訊くから」

「いいんですよ。別に秘密にしているわけではありませんから」

「お子様の……お名前は？」

今度は美和子が訊いてきた。

「雄太、と名づけたんです。私は、勇気の〝勇〟にしたいと思ったんですが、別れた主人が〝雄〟のほうがいいって……彼は一本気な人で、何でも、一度言い出したらきかない人でしたから」

奈智はすっかり気を許して、別れた夫の話までしてしまった。

夫であった隆弘《たかひろ》は同級生で、循環器内科に進んだ。学生の間は一緒に勉強もし、雄太の出産をともに喜び、何の問題もないように思われたが、二人が揃って医師になってから急に雲行きがおかしくなった。二人とも帰宅が遅く、ゆっくり話す時間が持てない。その頃から雄太の世話は伸子がしてくれていたのだが、二人は伸子だけに任せずどちらかが遊んでやろうと約束し、その日を決めていた。しかし、約束はお互いに守れない。そのうち、奈智の当直が始まると、事態は悪化の一途を辿った。まず、顔を合わせることが少なくなり、会うと口論になった。奈智も自分の仕事の手を抜くことはしたくなかったし、少なくとも、専門医試験に合格するまでは同年の入局者と同じペースで進んでいきたかった。医師となって二年目に、二人で話しあい、いとも簡単に結婚という契約を反故《ほご》にしたのだった。その後、籍は抜いたが、苗字を戻すタイミングがなく、職場でも〝柊〟で通している。

「雄太ちゃん！　いいお名前ね」

美和子が言った。

「今度のお子さん、お名前決めたのですか？」

「今、考えているところなんです」

慎一が顔をほころばす。

「上のお子さんは？」

「この子は優美《ゆみ》といいます」

慎一に抱きあげられた優美は、美和子のほうに手を伸ばし、そちらに行きたい仕種で声を上げた。

「ママ、抱っこ」

「ダメダメ、ママはまだ病気なんだから。もう少したったらね」

慎一が宥《なだ》めると母親が笑いながら言う。

「慎一さん、お産は病気じゃないですよ」

「この子が生まれた時、心が優しく美しい子になってほしいと思って……」

と慎一は奈智に続ける。

「今度は、男の子だから、強そうで、たくましい名前がいいかな。〝勇気〟のほうの勇太にしようかな。ハッハッハ……」

621号室は、部屋中が喜びと幸せの渦の中にあった。

第3章　伴侶の信頼

美和子の回復と歩調を合わせるかのように、大量出血の苦い思いは奈智の心の中心から遠ざかりつつあった。
グレードAカイザーから三日目の夜、奈智は品川南病院の当直室にいた。昼間の勤務は忙しくなかった。午前中は外来患者を診て、午後は病棟の回診を行ない、問題のない普通の分娩を一つ担当した。夕刻に数人の患者に点滴を入れて業務を終え、食事のあとは、美和子の胎児ジストレスの原因と考えられる〝臍帯卵膜付着〟について調べる時間があった。
《頻度は1％前後。子宮の下方に存在する臍帯卵膜付着は、分娩が進行すると卵膜上を走行する血管が児頭に圧迫されやすくなり、胎児ジストレスが急激に発症する。診断は……》
ベッドで仰向けになり医学雑誌の〝臍帯〟の特集記事を読んでいるうちに、いつの間にか雑誌は手から離れ落ち、奈智は寝息を立てていた。

枕元の電話の音に目をさました。

「柊先生ですか？　城南大学からお電話です」

「つないでください」

外勤先に大学から電話が入るのは珍しいことではない。受け持ちの患者に関すること以外にも、単なる業務の連絡や当直日交代の交渉など、様々な用件によるのだが、この時奈智の頭には友子のことが浮かんだ。どちらかの胎児の容態が悪化したのか？

「もしもし、柊先生？　井本です」

「南さんのこと？」

「いや、徳本さんだよ」

「えっ！　徳本さん？　どうかしたの？　昨日はまったく問題なかったけど……ご家族と一緒にお話もできたし」

「お腹の中に出血したんだよ」

「お腹の出血？　どれくらい出たの？」

「１０００ｍｌ以上は出てるんじゃないかな？」

「えっ！　そんなに……腹腔内なの？」

驚きと不安が奈智を襲った。

「後腹膜（子宮の周りの腹膜の裏側の部分）に血腫が出来ていて、腹腔内にも血が溜まっているようなんだよ。僕、今日当直なんだけど、さっき、九時頃、徳本さんがお腹痛がっているって、ナースからコールされて行ってみたら、顔色が悪いんだ。腹部に圧痛もあって、血圧を計ったら、90（mmHg）と下がっているし、急いでエコー（超音波検査）を診たら、子宮下部の上から横にかけて大きな血腫が出来てたんだ」

「それで？」

「至急で血算を出したら、Hbも8・1（g／dl）と低下しているし、お腹の中の出血は間違いないと思う。君島先生にも電話したところなんだよ、すぐ来てくれるって」

「凝固系とかどうなの？　DICの再燃？」

DICは病気の進行度と薬剤の効果との関係で、一度治っても再発することがある。

「血小板は下がってないけど、他はまだ検査結果が出てないんだ。とにかく先生には早く伝えておこうと思って……詳しいことがわかってからまた電話するよ」

「必ずね。私、何時まででも起きてるから、わかったこと何でも教えてね」

「うん、必ず連絡する。それじゃ」

電話が切れた瞬間、奈智の瞼の奥に恐ろしい光景が映し出された。美和子のお腹の中が血で覆いつくされている。血圧がどんどん下がっていく……測定不能。君島が麻酔医に叫んでいる。〝輸血を早く、輸血を早く！〟

奈智は身震いして起きあがった。ベッドから降り、動物園の熊のように当直室の中を右に左にと歩き回りながら、大学に飛んでいきたい衝動と押し寄せる不安を必死に抑えた。落ち着け、落ち着け、と自分に言い聞かせながら、状況の分析を試みた。

術後三日目の出血、その原因は何か？　君島先生が丁寧に縫合し、何度も止血が完全なことを確認して手術を終えた。子宮筋切開創の縫合不全による出血は考えにくい。その他の部分も出血がないことはしっかり視認した。とすると、出血の原因はＤＩＣの再燃か？　ＤＩＣは、手術直後は良くなっていたはずだ。血液の検査データも正常だった。その再燃を抑えるために、ＤＩＣの治療に最もいいと言われている新しい薬、オルガランを使っている。量が不足していたのか？　それはないだろう。常用量で充分効果があるはずだ。効力については外国の文献にも記載されている。看護師が注入を忘れたのか？　量を間違えた可能性もある……でも、そんなことは、井本先生が既にチェックしてくれているだろう。それに、ＤＩＣの再燃なら血小板が低下するはずだ。縫合による止血は本当に完全だったのか？　気が動転していて、よく見えてなかったのかもしれない。術後に子宮が収縮して、子宮動脈の下行枝に掛けた糸が緩んで、そこから再出血した可能性は？　いいや、術後三日目に血腫を作るとすれば、やはり血液凝固の問題だ。オルガランの抗凝固作用が強すぎて、出血傾向が出現したのか？　前にヘパリン（過去にＤＩＣの治療に用いた薬剤）で、出血傾向を増悪させた話を聞いたことがある。オルガランはその副作用が少ないはずなのに。

今、徳本さんはどうしてるんだろう？　輸血は必要だろうけど……再手術になったのかな？　緊急手術を二回も受けるなんて、徳本さんかわいそう……

落ち着くどころか、いても立ってもいられない。ベッドに腰かけたかと思うと、立ちあがって部屋中を歩き回った。医学雑誌を読んで時間をつなごうともしたが、目は文字を追っても内容は脳に伝わらない。奈智は、一日千秋の思いで井本からの電話を待った。

＊

十月十六日　午後十一時三十分　五号手術室

手術台に仰向けに寝かされた美和子の口には気管内チューブが挿入され、左腕の二本の輸血ルートからは濃厚赤血球と新鮮凍結血漿が入れられていた。前回手術の創が生々しい腹部の皮膚に褐色の消毒液が塗られた。その液がタオルで拭い取られ、手術布がかけられると、「それでは、お願いします」と、頭を下げた君島が、皮膚の創を合わせてあるステープラーを一つずつ外し始めた。腹壁からの出血は少ない。第一助手は井本、第二助手は研修医の濱岡《はまおか》おさむであった。こういう再手術は気が重い。三人は黙々と操作を進めた。ステープラーをすべて取り去り、脂肪層と筋膜の左右をそれぞれ合わせてある糸を切り離し、前の手術で切開した部分をまた開く。筋層を分離して腹壁腹膜の縫合糸を切断すると、一部が開いた腹膜の間から暗褐色の血液が漏れ出てきた。

「やっぱり……」

君島が呟いた。

「そこから吸引管を入れてくれ」

指示された濱岡が腹膜の隙間から吸引管を腹膜内に挿入した。ズルズルと音を立てて古い血液が引けてくる。

「出血量を正確にカウントしてください」

井本が看護師に言った。濱岡が吸引管を上下左右に動かしても吸引される血液が無くなったのを見て、君島は腹壁腹膜を大きく開いた。開腹鉤を掛け、腸を押しやると、子宮下部の表面を覆う腹膜が膨隆していて、その下に拳二個分以上もある大きな血腫が透けて見えた。縫合糸の間から赤黒い血液がたらたらと流れ出ている。

ここまでは井本や君島の診断通りだったが、問題は血腫の奥の状態で、なぜこの血腫が出来たかを見極めなければならない。君島は子宮表面の腹膜の縫合糸を切断し、中を開いて血腫を剝《む》き出しにした。子宮の脇の上のほうまで及んでいた血腫を少しずつ丁寧に取り除いて、子宮筋の縫合の状態を調べたが、血腫形成の原因と推定される縫合不全の箇所は見つからなかった。血腫が除かれたことで、その下の子宮筋からジワジワと微量の血液の滲みだしはあるものの、それが問題とは考えにくい。左側の子宮動脈下行枝の周辺は特に入念に調べられたが、これといった出血点は発見されなかった。

術後出血の原因が縫合不全ではなかったことを自らの目で確かめた君島は胸を撫で下ろした。もし、どこかの血管から血が噴出していれば、再開腹の責任が君島に帰すことになるからだが、誰にどう言われるかではなく、外科医にとって、自分の手術手技の問題で患者が再手術を受けるのは、本能的に辛いことなのである。しかし、責任問題はともかく、縫合不全がなかったことで、〝この症例の治療は難しくなった〟と、君島は一方で思った。

三人はまったく口を開くことなく、閉腹の操作を進めた。少量の出血部位も丁寧に止血してドレーンを留置し、前回の縫合糸をすべて取り除き、同じところを新しい糸で縫合し直して手術を終了した。

電話が鳴り、奈智は飛びついた。時計を見ると、午前二時四十分。「さっき手術が終わったんだけど」で始まった井本の話は三十分に及んだ。

最初の電話を切ったあと、美和子は血圧が70mmHg、Hbが5・8g／dlまで低下したため、大急ぎで濃厚赤血球と新鮮凍結血漿の輸注を行なった。間もなく到着した君島を交えて検討した結果、血腫の部位と状況から考えて、出血の原因は、子宮切開創部の縫合不全か出血傾向のどちらかでしかない、との結論に至った。縫合不全が原因であれば再手術による止血操作が絶対に必要であり、また出血傾向が原因としても、これだけの大きな血腫は除去しておかないと感染のリスクが高くなる、との君島の判断で緊急手術を行なった……。

術後の検討で、血腫形成の原因となった出血傾向は、DICの再燃によるのではなく、オルガランの抗凝固作用が強すぎたことによる可能性が高い、との意見で一致した。当面、投与量を減らして様子を見る方針に決まった。出血量はトータルで約2000mlに達した。ほぼ同量の輸血で、美和子の循環動態は現在安定している。明日、詳しい凝固因子の検査を提出する。夫の慎一には君島と井本が状況説明を行なったが、慎一は奈智に会いたがっていた……

品川南病院を出る奈智の目は充血していた。出血とＤＩＣとオルガラン、再手術を受ける美和子と心配する慎一、それらが繰り返し頭を巡り、奈智は眠れぬ一夜を過ごした。

大学に着くと当直室で病棟衣に着替え、６２１号室に急いだ。

美和子は眠っていた。穏やかな寝顔を見たことで少し安心し、奈智は血圧の測定記録を読み、呼吸の状態を観察、尿量や輸液ラインにも異常のないことを確かめて部屋を出た。

＊

ナースステーションに入ってカルテを広げ、目を通すと、美和子の昨日の経過は井本により順序正しく詳細に記載されていて、オルガランの投与量は半減されていた。温度板には、一般の血液検査に加え、凝固因子の詳しい検査のオーダーが書かれてあり、採血は早朝に行なわれていた。ドレーンからの分泌液の細菌培養検査も提出されている。井本らしい完璧な処置と記録で、追加することは何もなかった。

検査結果が待ち遠しいが、今はこのまま様子を見ることしか出来ない。慎一は病室におらず、看護師に訊くと、会社に出勤していて夕方遅くには戻るとのことだった。奈智はもう一人気になっていた友子を訪ねることにした。

友子は待ちわびていた模様で、奈智を迎えて顔をほころばせた。二人は、さっそく、胎児の状態を調べるために超音波検査室に向かった。まだ妊娠二十七週というのに、友子は満期に近い大きなお腹をしている。そのお腹にゼリーを塗り超音波のプローブを当てた時、奈智は息を呑んだ。左側の小さいほうの胎児の羊水がほとんどない。〝羊水過少〟が著しく進んでいて、その児は子宮の壁に張りついているようで動きも少ない。逆に、大きい胎児は、〝羊水過多〟になっていて、広すぎる羊水腔を活発に動き回っている。これこそが双胎間輸血症候群の典型的な所見で、病状は一昨日から急速に悪化したと考えられる。双胎間輸血症候群が進行すると、児は生まれてから順調に育たない場合が多く、予後が悪い。友子のような妊娠の早い時期の発症ではなおさらである。

超音波検査の時、子供たちを心配する友子が、いつも奈智の表情から検査結果を読み取ろうとしているのは分かっている。息づかいの変化さえも見落とすまいとこちらを見ているのだ。

悟られないように平静を装って検査を進め、次に、胎児の血流動態を調べた。パルスドプラと呼ばれる超音波技術を使って、胎児の血液の流れ方を臍帯の動脈と脳の動脈で計測する。奈智は超音波検査が得意だった。産婦人科専門医の資格を取得したら、次は超音波専門医の認定も受けたいと思っていて、胎児の血流計測に関する知識と技術の習得には特に熱心に取り組んできた。

二つの動脈の血流速度波形をモニターに描写し、血流の状態を示す指数を計算すると、両胎児ともに懸念したほど悪い値ではなかった。心配がほんの少し和らいだものの、顔の緊張は解《ほぐ》れなかった。じっと奈智の顔つきを見つめていた友子が口を開いた。

「柊先生、赤ちゃんの状態、悪いのですか？」

さすがに、母親の目は鋭い。子供たちの異変を察知したらしい。

奈智は一呼吸置いて言った。

「検査が終わったら、詳しく説明しますので、ちょっと待っていてくださいね。もうすぐ終わりますから」

即答を避け、どう説明しようかと考えながら胎児の大きさを測り、推定体重を計算した。６１０ｇと９５０ｇ、前回の推定値とほぼ同じで、わずかな差は計測の誤差範囲内である。

この体重では、今出産させても、両児が元気に育つ可能性は高くない。でも、このまま妊娠を継続させても、病状が進行すれば、その可能性はさらに低くなるし……

検査を終え、お腹のゼリーをふき取った。

「南さん、終わりましたよ」

友子の手を取って上半身を起こし、検査台の横に腰をかけさせ、自らもその右側に腰を下ろして身を寄せると、左手で友子の肩を抱いて前を向いたまま話し始めた。奈智は腹を決めていた。

「南さん、赤ちゃんたちね、双胎間輸血症候群になってしまったようなんですよ。実は、この前診た時から少しその兆しはあったのですが……この二日間で進行して、一人の児《こ》の羊水がすごく多くなって、もう一人の児のほうは羊水がほとんどなくてあまり動けないんです」

友子は黙っている。奈智は続けた。

「赤ちゃんたち、まだ小さいから、生まれても上手く呼吸が出来ないかもしれないけれど、このまま子宮の中にいると小さいほうの児は貧血がどんどん進んで、逆に、大きい児は血が多くなりすぎて、心臓に負担がかかって全身がむくんできてしまうので、二人とも、命が危なくなるんです。私は……この子たちが元気に育つ可能性を一番高くするために、今日、出してあげたいと思うのですが……」

胎児をこの日のうちに娩出させるかどうかは君島の判断を待ってから決めなければならない。しかし、友子は妊娠の早い時期から奈智が診てきた。一絨毛膜双胎の診断をしたのも、双胎間輸血症候群のリスクについて説明し、入院を勧めたのも奈智である。この人の妊娠経過には自分が責任を持ちたいと思っていたし、友子の不安な気持ちを考えると、自分の出した結論を早く話してあげたくなった。奈智には患者の感情を移入しすぎるきらいがある。そのために診断が遅れることや治療の選択を誤ることは無いはずだが、皆無とは言えないかもしれない。

「生まれたあとはね、新生児の先生が診てくれて、お子さんたちが元気に育つようにできる限りのことをしてくれますから。この病院は小さい赤ちゃんを育てるのが上手なんです。新生児専門の先生が最善の……」

と言いかけたところで、友子が迫るように訊いた。

「未熟児で……こんなに小さい児は、命が助かったとしても、後遺症とか残るんじゃないんですか？」

奈智は、感情を交えないように気をつけ、淡々と数字を並べた。

「妊娠二十七週で生まれた子供の生存率は約80％、１０００ｇ未満で生まれた時、生存しても後遺症を持つ可能性は約40％、双胎間輸血症候群の生存率は、その重症度にもよりますが、南さんの子供たちは血流の状態がまだ良いので、今の進行度で出産した場合は約75％です」

これらの数字はおおむね正しい。実際には個々の症例の様々な要因で異なってくるが、これを掛け合わせ、大雑把に一人の子供が元気に育つ確率を計算すると約36%になる。ただし、二人とも、となると13%であった。

「ということは……双胎間輸血が悪くなる前に、今日、生まれたとして、二人が元気に育つ可能性は……10%くらいですか？　低いんですね」

友子が冷静に数字の意味を理解していることに驚きながら、奈智は向き直り、まっすぐに目を見て、両手に友子の手を取った。

「その10%に賭けましょう！　この子たちのために最善を尽くすのは、今日、帝王切開することです」

気丈な友子だったが、瞳の縁に微かに光るものが見えた。

この日、君島と鳥海は二人とも外勤でいなかった。奈智は君島のいる蒲田西病院に電話を入れた。一昨日相談した時、鳥海は「もう一、二週粘れないか？」と言っていた。さっきの所見を君島はどう考えるだろうか？　この時点で帝王切開に踏み切る許可が得られるとは限らない。産科医師としての知識、技術、判断能力、すべての点で君島のほうが優れている。それよりも科の規則として、このような難しい症例の治療方針の決定は病棟医長に委ねられている。

奈智は、電話の向こうの君島に、友子の子供たちの状態を詳しく話した。

「NSTはどうなの？」

「今日は、まだ検査していません……一昨日は問題なかったのですが」

「NSTを取って、その結果を報告してくれ。それから、今日カイザーするかどうか決めよう」

実際には、NSTの結果がどうであろうと、友子のケースはこのタイミングで胎児を娩出させるのが最善かもしれない。しかし、城南大学では、胎児の娩出時期を決める検査としてNSTを重視していた。奈智は友子に自分の考えを治療方針の決定のように話してしまった誤りに気づき、急いで病室に行って、率直に友子に詫びた。胎児を今日出してあげるのが最善かどうかはまだわからないこと、その判断のためにNSTの結果が重要なこと、そして最終決断は産科病棟医長が下すことを説明した。

不安を抱えながらもすっかりその気になっていた友子は、一瞬、困惑の表情を見せたが、すぐ大きく肯いた。

「わかりました、NSTが大事なんですね」

友子は、奈智の拙速とも言える方針決定と告知、また、それを朝令暮改したことに、何の不満も漏らさなかった。友子の奈智への信頼はすでに揺るぎ無いものとなっていた。この信頼は、単なる医師の診療能力への信頼とは異なっていて、子供たちの人生がかかる、友子にとって最もクリティカルなこの時期に、不安と苦悩を共有してくれる伴侶への信頼とも呼べるものである。

新しい生命の誕生に関わるという、きわだって特殊な医療を担う産婦人科では、この二人のような患者と医師の関係が生まれやすい。頂上が見えない不安と自分を失うほどの激しい痛みに耐えながら険しい山を登る産婦と、それを支える医師や助産師との間には独特の絆が生じる。この伴侶への信頼は、難産であるほど、また、妊娠中の問題が大きいほど強くなるもので、それを感じつつ、医師と助産師は信頼に応える意を強くするのである。奈智に限らず、若い産婦人科の医師たちが、無事な出産を迎えた時に産婦とともに流す涙は、その喜びと感動を共有している証しである。

ＮＳＴの記録が始まると、奈智の目は双胎児の心拍数曲線を追い続けた。二人分の胎児心拍数を同時に記録する装置も出来ていて、子宮の外測圧と合わせて三つの波が描かれてゆく。しばらくして、目許が緩んだ。

二人とも、大丈夫だ！

平行して記録された二つの心拍数波形には、どちらにも胎児が元気な徴候の一過性頻脈が認められる。一過性徐脈はなく、細変動も正常だ。

「赤ちゃん、二人とも元気でした！　さっきは、今日出してあげなければなんて言ってしまってごめんなさい。君島先生が言われるように、もう一日でも二日でも、出来れば一週間粘りましょう」

双胎間輸血症候群が悪化することなく、妊娠が少しでも長く継続されれば、出生後に二人の子供が元気に育つ可能性はそれだけ高まる。

「良かった！　柊先生、ありがとう！」

＊

遅い昼食をとってから他の受け持ち患者を診て回り、カルテの記載と翌日の検査オーダーなどをすませて、奈智が６２１号室を訪ねたのは八時をまわった頃だった。

美和子は大きな目を開けていて、思ったよりも顔に生気がある。

「徳本さん、大変でしたね。二回も手術することになって」

「柊先生、私って運が悪いんですね。お腹に血がたまったんですって」

奈智は何と答えてよいかわからず、とっさに浮かんだ言葉を口に出した。

「傷は痛いですか？」

「ええ、最初の手術の時よりは」

「そうよね、二回目ですからね。ちょっと傷を診せてくれますか？」

病衣の前を開き、お腹の傷を診て、今度の手術で留置されたドレーンからの出血をチェックした。呼吸音の聴取をしながら、美和子の言った〝運が悪い〟への返答を考えた。

不安を与えてはいけない。しかし、嘘はつけない……

「今度の出血、運が悪いのではなくて、何か原因があるのですが……それがまだはっきりわからないんです」

「ということは、また出血するかもしれない、ということですか？」

「いいえ！　そんな心配はいりませんよ」

奈智はあわてて否定した。

「細かいところまで、完全にはわからないということで、だいたいはわかっているんです。たぶん、血液を固まりにくくさせる薬の量の問題だろうと考えています。ですから……今はその量を減らして使っていますので、それで、出血はしなくなると思いますよ」

「よかった！　早く身体の調子を戻さないと、母乳が出なくなっちゃうかもしれないし」

「出血はもう絶対にありませんから、安心してください」

そうは言ったものの、正直なところ、奈智に確信はなかった。〝オルガランの量の問題〟はあくまでも今の時点での推測で、本当の原因はまだ解明されていないのだ。

「ご主人は？」

「主人は、今日は忙しくて来られないって連絡してきました。私も疲れるから、優美を連れてきてもねえ……」

傷の痛みも残っているようで、あまり長くいるのは良くないと奈智は思ったが、美和子は何か話したいらしい。

お腹を押さえながら、身体を少し奈智のほうに向けた。

「徳本さん、そんなに動かないほうが……」

「柊先生、ちょっと聞いてくれます？　私ね、最初の手術の時、変な夢を見たんですよ」

「え？　変な夢って、どんな？」

「私ね、川を渡ろうとしていたんです。川の中に瀬が三つあって、どこを渡ろうかって考えていたら、主人がうしろから、〝渡ったらだめだ、戻ってこい！〟って叫ぶのが聞こえて、どうしようかなって思ったんだけど、主人のほうに戻ることにしたの。変な夢でしょう？　それで、その夢を、さっき眠っている間の夢の中で、思い出すみたいにまた見ていたんですよ。何でこんな夢ばかり見るのかなあ、と思って……」

美和子は真に死の淵にいたのだ。これが本当の臨死体験というものである。おそらく、一時的に脳への酸素供給が減少した時、脳の複雑な回路を流れる電流に何らかの異変が生じるためと思われるが、それ以上のことを奈智は知らない。しかし、〝三途の川体験〟の話は前に聞いたことがあった。その人は、次の時には川を渡ってしまったそうだ。予感というものではないが、恐怖にも近い不安が奈智の背筋に冷たい感覚を走らせた。

「徳本さん、変な夢を見ないように、睡眠薬を飲んで眠りますか？　そのほうがゆっくり眠れて、回復も早くなりますよ」

「そうね、じゃ、睡眠薬をください。いい夢が見られるのを、お願いしますね」

「今すぐ看護師さんに届けてもらいますね。徳本さん、おやすみなさい、明日はいい夢の話をしましょうね」

奈智は、〝この人に二度と同じ体験をさせてはならない。万が一にも川を渡ることなど絶対にあってはならない〟と強く思った。しかし同時に、この症例は難しく、自分の力の及ぶ域を越えているのでは、とも感じ始めていた。

*

翌日は、朝八時からカンファランスがあった。カンファランスは月曜の夕刻からと土曜の朝に医局で行なわれる。医局はそれほど広くはないが、医師たちが休息を取りながら寛ぐ居間でもあり、食堂にも集会所にもなる。若手医師は他に部屋がないので、勉強もここでする。カンファランスの内容は様々だが、症例の検討、新しい診療指針についての討論、研究成果の発表などが多い。この日は、桧垣《ひがき》進《すすむ》が行なっている研究の中間報告であった。桧垣は奈智の一年上で、この夏専門医試験に合格し、今期は婦人科勤務に就きながら博士号取得のための研究に打ちこんでいた。

大学の医学部では診療と教育と研究が行なわれている。しかし、医療が進歩するに伴い、そのバランスに歪みが生じてきた。診断の精密化とそのための検査の増加、加えて治療の高度化と選択肢の広がりが医師の診療業務を拡大し続けている。患者に病状や治療内容を詳しく説明する一方で、不測の事態に対応するための準備も怠れない。医師たちの診療に携わる時間が長くなったのだ。そのうえ、若手の医師には雑用が増えた。本来は医師の業務とは言えない事務書類の作成にも時間を取られる。増加する事務作業を担当すべき職員が増えていないため、最も使われやすい若手医師にその仕事が回ってくるからである。

一方、中堅以上の医師には教育の負担が重くのしかかっている。医学生の教育として、最近は病棟実習が重視され、学生にも医療行為を実施させるため、指導医は一人で行なえば三十分ですむ処置に一時間かけなければならない。学生に説明しながら患者の診療を行なうことは、頭脳だけでなく精神にも疲労を蓄積させる。これらのことが、研究のための時間の不足につながっていて、医師たちは当直でない日の夜中や休日を研究の時にあてている。そのような厳しい環境に置かれながらも、桧垣は着実に研究を進めていた。

若手医師の研究が医学の実質的な進歩に結びつくのは、数百に一つであろう。ノーベル賞に値する研究を巨岩とするならば、彼ら若手医師たちの研究は小石か砂利ほどのものでしかない。巨岩は、下に敷きつめられた砂利の数個を取り除かれてもびくともしないが、もし多くの砂利が取り去られれば、いかに大きくとも傾くに違いない。桧垣たちの研究は医学の進歩に対してそのような意味を有している。

研究報告が始まった。タイトルは〝母体血中の胎児DNAの断片化に関する研究〟であった。妊娠母体の血液の中には胎児の細胞やDNAがわずかに浮遊している。それらを抽出してうまく利用することができれば、子宮に針を通して羊水や胎児の血液を採取しなくても、胎児の病気を診断することができる。しかし、母体の血液中に流れこんだ胎児のDNAは時間とともに壊れてゆく。それを〝断片化〟と呼ぶのだが、DNAの断片化は診断に大きな影響を与える。桧垣はその研究をしていた。

「マイナス20℃で凍結保存した母体血漿中の胎児のDNAは……」

桧垣の声は奈智の子守歌になっていた。パソコンを使ったスライド映写が始まって部屋が暗くなった途端、奈智の身体は舟をこぎ始めた。

右隣から二の腕を押され、はっと顔を上げた。そちらに目をやると、榎原が怖い顔で睨んでいる。起きろと言うのだ。榎原は医局の中では最も勤勉で、業務のすべてに熱心であると同時に勉強家でもあった。自らにも厳しいが、医局員にも厳格に対応する。

奈智は小さく咳払いをし、姿勢を正してスクリーンに目を向けた。A、T、G、C（DNAの基となる物質の頭文字）の羅列とグラフが映っている。しかし、桧垣の声はやはり脳を睡眠の相へと誘う。結局、榎原の肘は奈智の眠りを数回途切れさせただけで、目をさました時は、研究報告とそれについてのディスカッションはすべて終了していた。

榎原が立ちあがって話し始めた。

「君たちは何のために医局にいるんだ。業務は厳しい、給料は安い、他にいくらでも働くところがあるのに、こんな労働条件の悪いところで働いているのは勉強するためじゃないのか？　それなのに、この大事な勉強会で居眠りをしている者がいる。自ら勉強の機会を放棄するくらいなら医局を辞めたほうがいい。君たちはまだ一人前ではないんだ。専門医を取ったからといっても、一人では何も出来ない。まして、その手前の者が勉強しないでどうする？　教授が留守のためか？　皆、弛《たる》んでる！　だから、あのようなことが起きるんだ」

全員が背筋を伸ばして座り直した。

「皆が気を引き締めてかからないと、徳本さんもどうなるかわからない」

ここで榎原は、美和子が産科の患者であることを思い出し、付け足した。

「婦人科にも野口さん、藤島さんと難しい状況の人がいる。決して気を緩めずに診療にあたってくれ」

榎原は、本心、美和子のことを心配していた。

奈智は、〝弛んでいる〟発言は気にならなかった。決して気が緩んでいたわけではないし、自分では、全力を尽くしたと思っている。それよりも気がかりなのは、美和子の今後である。榎原が言う以上、厳しい状況と認識しなければならない。

君島は終始無言のままだった。

*

「柊先生、よく眠ってましたね。今日の話は難しくて、私も居眠りしてましたけど……榎原先生は私たちを見てたんですね」

病棟に向かう道で矢口が話しかけてきた。

「それより、徳本さん、出血してないよね？」

「ええ、そんな報告、私は受けていませんが」

「昨日、帰る前は問題なかったんだけどね、榎原先生にあのように言われると何だか心配になるわ」

ドアを開けると、美和子は血色も良く、にこやかな顔で二人を迎えた。

「おはようございます。お二人で来られたのは最初の手術の日以来ですね」

「そうでしたっけ？　ところで、昨夜はいい夢を見ました？」

奈智は美和子の顔色と話しぶりに安心した。

「昨夜の夢には、優美と夫が登場したんです。二人で、仲良く遊んでましたが、私の姿は見えませんでした」

矢口が割って入った。

「なぜ夢の話なんです？」

「それは、二人だけの秘密よ」

「そうですよね、川の話は夫にもしないでおこう」

美和子が奈智と顔を見合わせ、首をすくめて言った。

奈智たちは、ドレーンの状態をチェックすると、何か変化があったら何でも知らせてもらうことを約束して６２１号室を離れ、６０３号室に向かった。

友子も元気だった。

「おはようございます。お腹の様子はどうですか？　張ったりしませんか？」

「柊先生、私、子供たちの動きに注意しているんですけど、動いているのがどちらの児かわからないんですよ」

「そうよね、この時期にそれを判別するのは難しいでしょうね。今日はまずＮＳＴを先にやりましょう」

と奈智が言うと、矢口は部屋を飛び出して器械を取りにいった。

「昨日の検査では、小さい児のほうは動きが悪かったんでしょう？」

友子は察しが良い、そして、注意深い。自分の子供たちのことは、どんなに些細な事でも聞き漏らすはずがない。胎児の動きが重要であることも知っている。

「私、そんな事言いましたっけ？」

心配させまいと、奈智は一瞬とぼけてみせたが、何も隠さないほうがいいと思い直した。

「そうそう、小さい児のほうは、羊水が少なくて子宮の壁に張りついたようになっていて、あまり動けないんですよ」

「動けないのと動かないのでは意味が違うのですか？」

鋭い質問である。

「それは……難しいのですが、動けるのに動かないのはやはり胎児の状態が悪いと考えられますね。動きたいのに動けないのは必ずしもそうではないと思いますよ」

「でも、羊水が少ないのは良くないんですよね？」

「それは、そのとおりです。羊水が少ないのはその児の尿量が少ないからで、尿量の減少はあまり元気でない胎児に起こります。もちろん、他にも原因はありますが、南さんのお子さんの場合は、その児が貧血になっているためだと思いますよ」

矢口が小さい超音波の器械とNSTの記録装置を運んできた。奈智はいったん話を切り、まず超音波で胎児を見た。二児の状態は昨日とほとんど変わっていない。次に、両方の胎児の心臓の動きが最もよく捉えられる場所を探して、心拍数をカウントするためのプローブを装着した。NSTは、普段、助産師が施行して記録を残してくれるのだが、奈智は心配な症例では波形を見ながら自分で記録を取る。

今日はどうか？

少し緊張が走った。三人は黙って、刻々と描かれる二つの心拍数波形を凝視した。上の段に記録されてゆく小さい児の波形がおかしい。一過性頻脈が現われない。それどころか、細変動も減少している。

「先生、ちょっと揺すってみましょうか？」

と矢口が言った。胎児にも睡眠のリズムがあり、ノンレム睡眠の時はあまり動かないし、心拍数の変化も少ない。その逆のレム睡眠の状態で心拍数波形を記録すれば、より正確な診断ができる。胎児を刺激することでレム睡眠を誘発しようというのだ。胎児に睡眠のリズムが出来始めるのはちょうどこの胎齢の頃からで、友子のケースで実際に効果があるかどうかは疑わしいが、揺すってみることには奈智も賛成した。

小さいほうの胎児を刺激するために友子の左腹を両手で揺すった。その児の心拍数波形に三人の目が注がれたが、波形に変化は現われない。二、三度同じことを繰り返したが、やはり細変動は小さく、一過性頻脈も出現しない。

記録が始まって三十分経過した時、友子が声を上げた。

「柊先生、今日、帝王切開にしてください。私、10%に賭けます！」

友子には奈智の心がすべて読めていたのだ。

「私もそれが良いと思います。矢口先生、南さんを見ていてくださいね。私、君島先生と連絡を取ってきます」

奈智は急ぎ足で病室を出た。


「南さん、朝、食事しました？　何時でした？」

戻ってきた奈智が早口で友子に尋ねた。

「今日、帝王切開することに決定しました。安全に麻酔をかけるために食事から少し時間を空けたほうがいいんです。それに合わせて準備しますから」

城南大学では、緊急度に応じて、帝王切開を四つに分類している。一分でも早く胎児を娩出させたい状況で行なうグレードA、それほどは急がないが一時間以内に胎児を娩出させるグレードB、時間単位の緊急性はないが予定外の手術となるグレードC、あらかじめ決められた日に計画通り行なわれるグレードD、の四分類である。それぞれに対応した準備の手順が決められていて、友子のケースはグレードCで良かった。

「そんなにゆっくりしていて大丈夫なんですか？　決まったら早くしてほしいな」

友子は、奈智には遠慮なくものが言える。

「大丈夫ですよ。南さんの子供たちのような慢性の病気は分単位や時間単位で進行することはないんです。急激に胎児の状態が変化するのは他の病気、例えば胎盤が早く剝がれる病気とか、あとはほとんどがお産の時ですね」

「それじゃ、私はグレードB？」

入院して四週間になる友子は帝王切開の分類についてもよく知っている。

「いいえ、グレードCですよ。グレードDでもいいんですけど、南さんの場合は進行が特別に早いので……三日前と今日ではまったく違うし、NSTでも昨日は元気そうだったのに」

「なぜ、私の場合はそんなに進行が早いんですか？」

「それは難しい質問ですね、私にはわかりません。矢口先生、どう思います？」

「私に訊かれても……わかるはずがないじゃないですか」

笑い声が漏れる。帝王切開が今日と決まったことで、三人とも安堵していて、この時は友子でさえ、〝10％の確率〟は頭から離れていた。

手術は朝食の時刻から八時間後の午後三時と決まった。左側のカーテンの向こうから声が聞こえる。

「南さん、頑張ってね。お子さんたちの無事を祈ってるからね」

口唇口蓋裂の子供を妊娠している筒池かおりの心情も、この数日でかなり安定してきた。〝子供たちが双胎間輸血症候群と診断された〟と友子から聞かされた時、かおりは自分の子供の病気がいかに軽いものであるかを知ったのだった。その友子が苦悩を克服してゆく姿を見て影響されたのだろう、自分の現実を受け入れることが出来てきたようだ。

「筒池さん、ありがとう」

友子が応えた。

「ご主人にも電話しなくちゃ。南さん、来てほしいでしょ?」

「もちろんですよ」

「それじゃ、どんなにお忙しくても必ず来てもらうようにお願いしてみますね」

「もし来なかったら、離婚だって言ってやってください」

「じゃあ、そう言っておきますね……。看護師さんが手術の準備に来ますから、それまではゆっくりしていてください」

＊

ナースステーションで、友子の夫に電話を入れ、術前点滴の処方を書いているところに君島が入ってきた。

「こんなことなら、昨日やっておけばよかったな」

「悪化するのがこんなに急だとは、誰も思いませんよ」

奈智も、昨日のNSTの記録を見たあとは、まだ待てると考えていた。

「来週では遅かったかもしれないな。ご主人に連絡した？」

「はい、すぐに来られると言っておられました」

「厳しい状況だから、きちっと説明しておかないと。それから、このケース、〝幸帽児帝切〟でやるからね」

「コーボージ？」

卵膜を破らずに、それに包まれたままの胎児を羊水とともに娩出させる術式を幸帽児術式または幸帽児帝王切開と呼ぶ。友子のような超早産の帝王切開では、先に羊水が出てしまうと、子宮が強く収縮して児の娩出を妨げることがある。また、超未熟児の皮膚は粘膜のように軟らかく、軽く力が加わっても容易に傷つくため、出産に際しての圧迫や擦過などは極力避けなければならない。さらに重要なこととして、酸素の供給されない時間をできる限り短縮させる工夫も必要となる。幸帽児帝王切開は、そのような理由から最近行なわれ始めた新しい術式で、奈智はそういう術式のあることは聞いていたが、呼び方を知らなかった。もちろん、執刀したことはない。

「知らないのか？　卵膜を破らずに児を娩出させるんだよ」

「そのやりかたは、聞いたことはあるんですが」

「それじゃ、今日、僕と一緒にやろう。教えるから」

「ぜひ、教えてください」

と答えた奈智に「柊先生、これこれ」と矢口が一冊の医学雑誌を手渡した。表紙には「特集：帝王切開の新しい術式」と書かれてある。矢口は要領がいい。目ざとく壁際の書棚から見つけ出してきたのだ。

「矢口先生はよく気が利くね。柊先生、今日は分娩番じゃないよね？」

君島はそれを確かめると、

「幸帽児帝切のことはその本に、きっと詳しく出てるから、執刀までまだ四時間もあるし、しっかり読んでおいて。先生にも、一部やってもらうからね」

と、奈智の肩を軽くたたいた。

「南さんのご主人みえましたよ」

エレベーター前の受付近くにいた看護師が知らせてくれた。

「じゃあ、面談室にお通ししておいて。南さんもお連れしてね」

デスクを挟んで南夫婦を前に、奈智が二人の子供たちの今の状態を説明した。続いて、予後についての話に移った時、夫がおどおどし始めた。

「脳性麻痺って歩けないんですか？　頭脳はどうなんです？　知恵遅れとかになるんですか？」

その質問にも、奈智は精一杯正確に、かつ、印象としては出来るだけ軽く受け止めてもらえるように言葉を選びながら返答したが、「えー！　うわー」と声を発すると、夫は失望の目を奈智に向けた。

「私たちは元気な子供が欲しいんです。二人がそんなことになったら……いや、一人でもそんな状態じゃ、私は耐えられない」

悪い結果しか考えていないようだ。

友子が口を開いた。

「あなた、10％よ！　10％の確率に賭けるのよ。それしかないの」

しっかりとした口調である。

「よく、そんなことが言えるな。もし、子供たちが脳性麻痺になったらどうするんだ、歩けないんだぞ」

「その時はその時よ。ここの小児科の先生がたには未熟児の専門のかたが多くいらして、小さい子供の治療成績はとてもいいんですって。昨日、柊先生が言ってくれたわ」

「……」

夫はうつむいてしまった。

「私たちには、この子たちのために最善をつくす義務があるの。私たちの子供よ」

「……」

「柊先生、よろしくお願いします、同意書にサインしますから。あなた、しっかりしてよ」

心の収拾がつかない夫とは対照的に、友子の瞳はむしろ輝いているかに見える。最初に一絨毛膜双胎のリスクについて聞かされてから三ヵ月の間、友子は子供たちへの愛情が深まるにつれ、一方で強まる不安と闘ってきたのだった。子供たちを失うかもしれない、障害を持つ子を育てなければならないかもしれない、その怖れに苦しみ悩み続けてきた。しかし、今は二人の子供の病状を完全に理解し、しっかりと心に受け止めている。

「サインしていただく前に、まだ他にも、お話ししておかなければいけないことがあります」

君島が、目で同意書を探している友子に言った。

「まず、帝王切開の合併症についてですが……柊先生、説明してくれる?」

患者用にプリントされた〝手術の説明書〟の〝術中・術後の合併症〟の項を指し示しながら、奈智が、出血多量、膀胱・尿管の損傷、縫合不全、術後出血、術後感染症、腸閉塞、血栓症、大腿神経麻痺、麻酔の副作用など、手術に伴う合併症について詳しい解説を加えた。

「そんなに危険なんですか? 帝王切開って?」

夫が驚いたような顔を見せた。

「いいえ、それほど危険な手術ではありませんが、稀にそういうことも起こる可能性があるということです」

君島の答えに、

「可能性、可能性か……」

と呟き、夫はデスクに両肘をついて頭を抱えこんだ。

君島は次に、幸帽児術式について説明した。話に聞き入っていた友子が奈智に質問した。卵膜が破れた場合どうするのか？　胎盤はいつ剝がすのか？　どちらも的を射た質問だったが、奈智には答えられない。かわりに君島が答え、追加の説明も加えていると、夫がやにわに顔を上げた。

「医長先生が執刀してくれるんでしょうね？」

君島は数瞬の間を置いて返答した。

「手術はここにいる三人でやります。誰が執刀ということよりも、責任者が誰かが大事なんです。私たちはいつもチームで手術を行ないますが、必ず一人はベテランの医師が入ります。その医師が手術の全責任を取ります。南さんの場合は、私が責任者です」

君島の言うとおり、手術は誰が執刀かが重要ではない。手術の成否は、それに加わった者の中で最も力のある者、すなわち責任者の実力で決まる。手術に限らず、医療の多くの領域で同じことがいえる。難しい病気を扱うチーム医療では、チームの総合力が患者の予後を左右するのだが、チームの医療レベルはメンバーの力の平均で決まるのではなく、中で最も実力のある者の力に牽引される。若手医師の多い大学病院で高い医療レベルが保たれているのはそのためで、この科では、君島、榎原と不妊班の主任で医局長の藤木《ふじき》敦士《あつし》、それに上学年の助手クラスの医師たちがチームの医療レベルを引きあげているのだ。

君島は話を続けた。

「私もまだそうですが、特に、柊先生と矢口先生は勉強中の身なんです。ですから、難しいところは私がやりますが、今日の手術は柊先生に執刀してもらいます。大丈夫ですよ、柊先生は百例近くの帝王切開の経験がありますから」

「でも、今日の、えーと〝ゴーボージ〟というのはどうなんですか？　柊先生もたくさん経験がおありなのですか？」

夫は不安そうな目つきで問い直した。

「大学病院には若い医師が大勢います。医師は勉強しなければいけません。手術も勉強です。患者さんが皆、ベテランの先生に手術をしてくれと言って、そのとおりにしていたら、そのベテランの医師たちが年老いた時、手術の出来る医師がいなくなるんですよ。若い医師を教育するのが大学病院の使命なんです。一般の病院でも同じですよ。大きな病院では、先輩の先生が若手医師を教育しながら診療を行なっているんです。私だって今は病棟医長をしていますが、初めての手術、未熟な時期、いろいろな経験といろいろな失敗を重ねて今の自分があると思っています」

君島は〝しまった〟と思ったが遅かった。

「失敗？　そう簡単に失敗だなんて言われたら、ますます若い先生に手術をお任せできないですよ」

「あなた、柊先生は大丈夫よ。昨日だって、今日にも手術になるのを見越して、もうそろそろ帝王切開のタイミングです、と言ってくれたし、本当なら今日は検査をする日じゃなかったのに、そのタイミングがわかっていらしたから、土曜日なのにわざわざ来てくれて、特別に検査してくれたんだから。ね、柊先生」

友子は旧友にでも話しかけるかのような目を奈智に向けた。

「そう言われても、私……今日は君島先生の助手を務めながら勉強します」

あまり持ちあげられたので、奈智は引いてしまったのだが、夫が結論を出した。

「わかりました。友子がそこまで信頼しているんなら……とにかく、先生がたよろしくお願いします」

この言葉のあと、南夫婦は手術の同意書に署名した。

奈智の隣に座ってやりとりを聞いていた矢口は、奈智がなぜ多くの患者からこれほどまでに強い信頼を得るのか、不思議に感じていた。矢口がそれを修得するまでには、これから何年もの、多くの患者との接触が必要であろうが、奈智の場合、それは持って生まれた特性というべきものであった。

*

十月十八日　午後三時　七号手術室

麻酔薬で眠っている友子の口唇の間には挿管チューブが固定されている。そのため口許が少し歪んで見えるが、そんな顔からも、苦悩に打ち勝った友子の平静な心が窺える、と奈智は思った。

下腹部に縦切開を置いて開腹し、

「この辺でいいですか？」

と、子宮に入れる切開の部位を君島に尋ねた。双子の胎児を幸帽児で娩出させるために、通常とは違って子宮の体部を切開するのだが、奈智は体部切開の経験が少なかった。

「うん、その辺だね」

子宮底部の近くから縦に約五センチの切開が加えられると、創面から勢いよく血が噴き出した。血流が豊富な妊娠子宮の体部切開は特に出血が多い。矢口が血液を吸引し、メスから離れた出血点をガーゼで押さえこむ。奈智は少しずつメスの刃を深く入れ、筋層を切り進んだ。

「そんなに狭いところを掘っていっちゃダメだ。最初の切開をもう少し大きくして」

「はい……これくらいですか？」

「それでいい。大きめに切っていかないと、卵膜の手前でメスを止めるのが難しくなる」

「はい」

子宮体部の厚い筋層を切ってゆき、卵膜を破らないように直前でメスを止めなければならない。奈智は慎重に少しずつ切開を進めた。

「それじゃ、時間がかかりすぎる。出血が多くなるだけだ。体部は厚いんだから、三分の二くらいまでは一気に切っていいよ」

と言われても、そう一気には切りこめない。額には汗が滲んできた。

子宮切開が始まって一分経過した時、

「柊先生、代わろう」

と言って、君島は奈智のメスを取りあげた。素早い捌《さば》きで筋層切開を進めたかと思うと急に手を止め、一番深いところを指で探った。残り何ミリ切れば良いかを指の感触で確かめたのだ。もう近い、あと〇・五ミリ、という感覚で薄くメスを入れると、灰白色の卵膜が一センチほど見えた。君島はそこでメスを置き、指で切開創の幅を広げ、次に、左手の人差し指と中指を子宮筋の下に入れて筋層を持ちあげた。

「卵膜を傷つけないように、こうやってやるんだよ」

指の間の筋層をクーパーで頭側に少し切りあげ、そのクーパーを奈智に渡す。奈智は細心の注意を払って君島のやりかたを真似た。

外科手術の修練は、このように手取り足取りで行なわれる。術式の概要は教科書で勉強できても、細かい手技は先輩から実地で習う以外にはない。運動部と同じで、新人は先輩からすべてを習う。そのため、上下関係も自然と厳しくなる。外科系の医局が内科系と比較して古い体質と批判されながらも、それを保持し続けているゆえんである。

子宮筋の切開創が大きくなるにつれて卵膜が膨隆してきた。羊水は少なく、胎児が直接触れる。供血児（小さい児）のほうだ。君島が切開創から手を入れて、右側の子宮筋と卵膜の間を剝離《はくり》すると、受血児（大きい児）側の卵膜も膨れ上がってきた。

「柊先生、しっかり支えててよ」

手をさらに深く入れて子宮筋から胎盤を剝がし、大きさの異なる二つの袋を胎盤の上に乗せて取り出した。

「はーい、生まれましたよ」

児は卵膜に包まれたまま、担当医に渡された。友子の子供たちのために四人の新生児医が待機していた。

蘇生台に運ばれた幸帽児たちは、卵膜が破られ、臍帯が挟鉗《きょうかん》・切断されたあと、各々のウォーマーに運ばれた。泣くことも動くこともない。二人とも、ただちに挿管された。聴診で肺への酸素の入り具合が確かめられ、心拍数が数えられた。

「心拍数は80（拍／分）です」

「120です」

それぞれ声が上がる。

「こちらはアプガー二点ですね」

「こっちは三点です」

新生児医の一人が臍帯の血管に針を刺し、胎盤に残っている血液をシリンジに吸い取る。貧血のある供血児に輸血するためだ。新生児医たちはしばらくバッグを押して人工呼吸を続けていたが、準備が整ったところで二人を順に搬送用クベース（哺育器）に移した。一人は肌の色が透けるように白く、痩せていて片手に乗るほど小さい。500gあるかないかだ。もう一人は赤みを帯びた皮膚色をしていて、やや太って見えるが、やはり小さい。1000gはないであろう。

こうして、友子の子供たちはNICUへ運ばれた。

第4章　菊花一輪

　東京では珍しく、秋の澄んだ青空をいわし雲が悠々と泳ぐ。さわやかな日曜日の午後、奈智と伸子に両手をつないだ雄太の心は弾んでいた。スキップをしたり、足を浮かせて二人にぶらさがったり、興奮を抑えきれない。

「ママ！　今日何買いにいくんだっけ？」

「さあ、何だったかな。ママの洋服じゃないの？」

「違うよ！　トーマスでしょ？　トーマスだけじゃないよ、ゴードンもパーシーもだよ」

「一度にそんなにたくさん買えません」

「いやだ！　いっぱい買うの！」

「わがまま言いたい放題ね」

　雄太は急に二人の手を離して走り出した。まっすぐにではなく、右に左に身体を翻《ひるがえ》し、ジグザグに走る。

「雄太、危ないわよ。そんな走り方したら」

伸子が注意したが、雄太は聞かない。うしろから自動車が近づいてくる。

「危ない、雄太！　やめなさい！」

奈智の声でやっと走るのをやめ、道の端を縫って戻ってきた。また、三人で手をつないで歩く。

その時、ポケットで着信メロディーが鳴った。携帯電話は肌身離さず持ち歩き、常にオンにしてある。

「柊先生、鳥海ですが」

「はい……」

立ち止まって話を聞き終え電話を切った時、伸子と雄太は五十メートルも先を歩いていた。奈智は小走りで追いついた。

「お母さん、私、大学に行かないと」

「え！　また……受け持ちの患者さん？　この前二回手術したって言うてた人？　大丈夫なの？」

「大丈夫かどうか、行って診てみないと」

「大変ね」

二人は歩きながらぼそぼそと話したが、その会話に聞き耳を立てていた雄太が、

「ママ、嫌い」

と言うや、両の拳で奈智の腿を交互に叩き、脚の間に顔を埋めて泣き出した。奈智はしゃがんで、その両腕を取った。

「雄太！　ママはね、大切なお仕事をしているのよ。雄太だって病気になった時、お医者さんがいなかったら困るでしょう？」

と宥《なだ》めたが、雄太はきかない。

「いやだ、いやだ！」

奈智はかぶりを振る我が子を抱きあげた。重くなった、優に十五キロを超えている。

「雄太は男の子でしょう？　こんなことで泣かないの。男の子は強くなくっちゃ」

「いやだ、いやだ！」

今度は奈智の肩を叩く。

「雄太、ママは大事なお仕事なのよ。わかるでしょう？　もうすぐ五歳なんだから。おばあちゃんがトーマス買ってあげるから、もう泣くのはやめましょう」

伸子が背中を優しくなでたが、雄太は奈智の首筋に顔を押しつけ、胸にしがみついた

まま離れない。

駅に着くと、奈智は雄太を降ろした。

「雄太、ごめんね。今日は早く帰るから、トーマスで遊ぼうね」

「きっとだよ！」

雄太は少し機嫌を直している。

「お母さん、雄太をお願いね」

向かい側のプラットフォームへと足を速める奈智の耳に母の声は届かなかった。

「なっちゃん、気をつけてね。無理しちゃだめよ」

＊

十月十九日　午後二時
ナースステーションでは、テーブルに美和子のカルテを広げ、当直の鳥海、福田《ふくだ》忍夫《しのぶ》、濱岡の三人と君島が顔をつきあわせていた。

奈智が入ってきても誰も気がつかない。切迫感が漂っている。

「いったいどうなってるんだ」

「出血は何時頃からなんだ？」

「なんで出血する？」

「凝固系に関するデータはどうだ？」

その問いに「昨日結果が出た分はすべて正常でした」と奈智が答えると、君島が振り返った。

「柊先生、いいところに来てくれた。その数値を見せてくれないか？」

奈智はコンピューターの画面上に検査結果を表示して数値を読み上げた。

「PTは1・1NR、APTTは38秒、FDP7μg／ml、Dダイマー0・8μg／ml、TAT3・2ng／ml、PIC0・5μg／ml、ATⅢは83％です」

血液が固まる能力を調べる検査の結果や、血管の中で微小血栓が生じたことの指標となる物質の値などは、すべて正常の範囲内であった。それを見た君島は「うーん……そうかあ」と溜息混じりの声を出すと、次いで鳥海に訊いた。

「今日の検査は？」

「輸血はさっき終わって、今はFFPだけをゆっくり入れていますが、それらを入れる前のデータがこれです。ドレーンからの出血が多いので、超音波で検査したら血腫が見つかったんですが、その直後の値です」

そう言いながら、鳥海が二時間前の検査の結果を画面に出した。出血のために貧血があり、Ｈｂは７・２ｇ／ｄｌまで低下している。血小板は18万で、正常範囲だが、白血球が１５０００と増加していた。凝固系の検査は、結果が判明している分については昨日とほとんど変わらない。

「オルガランのせいかな？」

福田が言った。

「オルガランは指示通り常用の半量にしています。昨日調べてみたのですが、文献にも、Ｘａを選択的に抑制するので、傷からは出血しにくい薬、と記載されていますし……私は違うと思いますが」

十六日の術後出血については、出血の原因として〝オルガランの量の問題〟の可能性を押す意見に追随したが、少なくとも今度の出血の原因がそうとは、奈智には思えなかった。

君島も同じ考えだった。

「凝固系検査には異常がなく、ＤＩＣではない。抗凝固薬のせいでもないとすると……縫合の問題？　それはないと思うけど……」

このような状況になると、術者は99％大丈夫と思っていても、〝絶対に〟とは断定出来ない心境に陥る。それでも君島は、これまでの経験に照らして、〝縫合の問題〟は切り離した。

「手術にも問題がないとすると、残るは徳本さんの血液の問題だ。出血傾向を示す病気がないのは間違いない？」

「はい。外来の問診表には、これまでに出血しやすい傾向があったとは記録されていません。それに、前回のお産でも出血は平均的な量でした。産褥期の経過も正常、と書かれています」

奈智も君島と同じ疑問を持っていたが、〝美和子の既往歴はそれを否定する〟と述べざるを得なかった。

「念のために、凝固因子の詳しい検査を金曜日に提出しました」

血液の凝固には多くの物質が関与していて、それらは凝固因子と呼ばれる。そのいくつかを直接測定するこの検査は通常の術前や術後には行なわれない。患者に出血傾向が現われる血液の病気がある時か、その疑いが強い時に調べられるのだが、結果が出るまでには日数がかかる。

「うーん……それじゃ、凝固因子のほうは結果が出てから分析するとして、今日、どうするかだな。今は出血止まっているの？」

「ＦＦＰが入っているからだと思いますが、その後、出血は止まっているようです」

そう答えた鳥海が、続けて君島に、

「血腫、どうしましょうか？　このままにしておくと、感染の原因になりますし、また開けて（手術で）除去しますか？」

と、治療方針の決断を迫った。

「昨日は、血腫はなかったのか？」

その問いには奈智が答えた。

「はい、少なくとも夜八時までは、出血している徴候はまったくなかったです。昨日、帰る前に、矢口先生と一緒に超音波でも確認しました」

「とすると、出血したのはそのあとか……さっき、昨夜から熱が上がってきたって言ってたね？」

「はい、昨夜の十二時に38・5度、今は39度まで上昇しています。熱は前の血腫除去手術の翌日から出ていますが、この上がり方は普通の術後の発熱とは違うかもしれません」

と福田が答えた。

「血腫の感染？　早すぎるなあ。しかし、前も同じところに血腫が出来ていたから、その時からと考えると、あり得るか？　二回も手術しているし、前期破水で、しかもグレードAで消毒も不十分だったし、いろいろと悪条件が重なっているからなあ、感染しやすいのはしょうがない。問題は血腫をどうするかだ」

君島は眉をしかめた。他の者が君島の決断を待っている時、濱岡が発言した。

「発熱の原因が感染だとすると、セフォタックスが効いてないってことですか？」

それを受けて、君島は奈智に視線を向けた。

「MRSAに注意しないと！　細菌の培養検査、出しているんだろうね？」

「ドレーンからの分泌液は金曜日に培養に出しました。感受性テストもオーダーしてあります。血液の培養は出していません。その時は、術後の普通の発熱程度でしたから」

「今日は日曜日か……血液培養、明日必ず出しておいてね。抗菌薬を何にするかも問題だな。細菌培養の結果が出るまでには日がかかるし、念のためバンコマイシンを使うことにしよう。それにチエナムを併用しよう」

美和子のように感染のリスクが高い症例に予防のための抗菌薬を投与していると、その薬に抵抗を持つ耐性菌の増殖することがある。よく知られているのがMRSAで、多くの種類の抗菌薬に耐性がある。MRSAに有効なのがバンコマイシンという抗菌薬だが、感染防止対策委員会の規約では、この薬は培養の結果が判明してから使用するのが原則とされている。しかし、君島はそれでは遅すぎると考え、この日から投与する方針を決めた。
美和子の治療方針についての検討はこのあともしばらく続いたが、結論は以下であった。
《今回の出血の真の原因は不明である。ただし、DICでないことはほぼ確実と思われるので、抗凝固薬であるオルガランの投与は中止する。原因が究明されるか、または創が完全に治癒するまでは、出血の予防対策として、FFPを持続的に投与する。発熱の原因は、昨夜から少しずつ溜まっていた血腫への感染と思われるが、この早い感染は、二回の手術を含むこれまでの経過が素地を作っていたことによると推察される。感染の起因菌は少なくともセフォタックスに耐性がある。状況を考えるとMRSAの可能性が高い。しかし、それ以外の菌種も否定できないので、抗菌薬としては、当面、バンコマイシンとチエナムを併用し、細菌培養検査と感受性テストの結果をみて最適な薬剤を選択する。血腫の処理については、血腫が自然に溶解してドレーンから排液されることを期待し、今日は、除去するための手術を行なわないこととする》
君島がこの日に血腫除去を行なわない方針を決定したのは、医療上の是非よりも、三度目の手術を受ける美和子の苦痛を重視したからであった。奈智も同じ気持ちでその方針に賛成した。

＊

「柊先生、来てくださったのですね」

入ってくる奈智に気づき、慎一の顔がわずかに和らいだ。が、それはすぐさま不安の表情に戻った。

「また出血があった、と連絡が入ったものですから」

奈智がベッドに近づこうとすると、慎一は、美和子に聞かれないように、自分が部屋の入口まで足を運んで、

「出血の原因は何なのですか？」

と、最も気になる疑問を単刀直入に尋ねた。

「それが……本当の原因はまだわからないんです」

「この前は、井本先生が、ＤＩＣの治療が上手くいっていない、と言ってましたけど」

「ええ、そうではないかとその時は思っていたのですが、今度の出血はそれとは違う原因のようで……そうなると、前の出血の原因も本当はどうだったのか……」

歯切れの悪い説明に、慎一はいっそう不安を強める。

「いったい何が起こっているんですか、美和子の身体に？」

奈智は、とにかく美和子が心配で、治療方針の検討が終わると急いで部屋に駆けつけたので、今度の出血をどう説明するのが患者と家族のために良いのかを考えてこなかった。膨らむ慎一の不安を和らげたいと思うのだが、出血の原因が解明できていない現状で、安心させる言葉を見つけるのは難しい。ありのままを話すしかなかった。

「先ほどまで皆で検討していたのですが、二回目の手術を担当してくれた君島先生は、最も信頼できる先生で、手術の問題ではないと言っておられるし、DICは、血液検査のデータから判断する限り、完全に治っていますし、先日、井本先生がお話ししたオルガランというDICの薬も、新しい薬ですが、副作用として出血を起こすことが少ないと報告されている薬なんです。しかも、一回目の出血のあとは、常用量の半分だけ使用していたのですから、この薬による出血も考えにくいんです。今は……本当にわからない事だらけなのですが、金曜日に血液を詳しい検査に出しておきましたので、その検査結果が出れば原因がわかるのではないかと思っています」

「結果はいつ出るのですか？」

「来週の半ば頃になると思います」

「原因が不明ということは、それまでに、また出血するかもしれない、ということですよね？」

慎一の顔から不安の影は消えない。

「徳本さんの場合、FFPという血漿成分を入れると出血が止まるようなので、原因が判明するまではそれを入れ続けます。それで再出血は防止できると思っています。ただし、FFPは入れすぎると心臓に負担がかかりますから、出血していない状態でたくさんは入れられませんが……今入っているあれですよ」

奈智は点滴ポールに吊るされている黄色い液の入ったパックを指差した。慎一はそれに目をやって、「じゃあ、出血に関しては、原因はともかく、防止法は見つかったと考えていいんですね」

と、確信を得たい気持ちを滲ませながら言った。

「ええ、そのとおりです。FFPを入れている限り、もう出血はないと思います」

ようやく慎一の顔が緩んだ。

話が一部聞こえていたのか、美和子も新鮮凍結血漿のパックに目を向けた。顔色は悪くなかったが、不安げな表情は否めない。奈智はベッドの脇まで歩み寄り、声をかけた。

「徳本さん、大丈夫ですか？」

美和子は奈智のほうに向きを変えた。

「柊先生、お休みの日に来てくれてありがとう」

「いいえ、とんでもない。私〝また出血〟と聞いてびっくりして」

「先生、もう一度手術なんですか？」

最大の心配事だ。

「三回目の手術となると、体力が持つかどうか心配で、母乳もこのまま出なくなっちゃうんじゃないかと」

「私、それを言いにきたんですよ」

奈智の声が少し弾んだ。

「今日は手術しません。お腹の中に溜まった血液が排液のチューブから自然に出てくるのを期待しようという方針に決まったんです。それに、一部は身体の中で吸収されてなくなりますし」

「よかった。私、それが心配で」

「これからは、あの黄色い薬を入れ続けますので、もう出血はしませんし……熱が上がってきているようですがいかがですか？　辛くないですか？」

「熱っぽい感じはしますが、ちょっとだるいくらいでそれほど辛いことはありません」

ドアがノックされる音がし、慎一が応えると、助産師の小山が赤ちゃんをコットに入れて連れてきた。

「ユータ君、ママとパパのところに来ましたよ」

「ユータ君？」

奈智が驚きの声を出した。

「そうなんですよ、ユータにしたんです。字は、ほらこの間話していた勇気の〝勇〟」

「そうなんですか……。勇太君、勇気のあるいい子に育ってね」

奈智はコットを覗きこんで言った。

勇太の経過は順調だった。体重は生下時近くに戻り、生後六日目になるため、新生児室では最もしっかりした顔つきの児であった。

小山は勇太をコットから抱きあげ、美和子の顔の近くに寝かせた。

「ハーイ、ママですよ」

勇太はついさっきミルクを飲んだばかりで機嫌がいい。まだ対象を認識しているわけではないが、目を開け、美和子を見つめているようだ。

「勇太、生まれてくれてありがとう。ママね、もうすぐ元気になるからね。そしたら、ママのオッパイあげるからね。それまでミルクでがまんしてね」

美和子は少し身体を横にして、左手で勇太を抱きしめた。

*

奈智は当直室から家に電話を入れた。

「なっちゃん、患者さんどう？　また手術？」

「大丈夫、今日は手術しなくてもいいの」

「よかったね、三回も手術じゃ、かわいそうや。それで、何時に帰ってくるの？」

「少し調べなければいけないことがあるの……でも、二、三時間くらいで終わると思うけど」

「晩ごはん、まだやろ？　デパートですぐ食べられるもの買ってきてあるからね」

「ありがとう、お母さん。雄太に代わって」

「ママ、いつ帰ってくるの？」

「そうね、あと二時間くらいしたらね」

「早く帰ってきてね、トーマスで遊ぼ！」

「おばあちゃんの言うこと、よく聞くのよ」

「バイバイ」

素っ気なく電話が切られた。

奈智にはこの日のうちにやっておきたいことがあった。術後感染の起因菌について専門書を読んで調べておきたかった。ナースステーションの書棚を探し、医学雑誌の一つに「特集：術後感染症」とあるのを見つけて当直室に持ち帰った。

やっぱりMRSAかな？　それ以外では？

ページを繰ると、〝多剤耐性腸球菌〟〝多剤耐性緑膿菌〟などが目に入った。

そうそう、忘れちゃいけない、他にも厄介なのがあったんだ。培養検査の結果が出る前に、臨床症状から鑑別する方法は？　これらに効く薬剤は？

読み進めても、明確な回答は記されておらず、培養検査と薬剤感受性試験の結果を待つしかなかった。

ノックの音とともに君島の声が聞こえた。

「ここにいるだろうと小山さんが教えてくれたんでね」

「先生もまだいらしたんですか？」

「僕も、本当のところ、どうするのがベストかわからないんだよ」

君島もこの難しい症例への対応には苦慮していたのだった。

「さっき先生が決めた方針しかないんじゃないですか？」

「今のところ、あれでいくしかないと僕も思うんだけど、やっぱり心配で、さっきおやじさんに電話したんだ」

産婦人科の教授、須佐見誠二郎《すさみせいじろう》は一部の教室員から〝おやじ〟と呼ばれている。

「教授はどこか外国じゃなかったんですか」

「カンボジアだよ。おやじさん、アメリカやヨーロッパより、そういう国が好きなんだよ。学会に出席したあと、二年ぶりの休暇を取ったらしくて、余程のことがない限り連絡するなと言われていたんで、最初は怒られたけどね」

「それで、教授は何て言われました」

「今のところはそれでいいって。でもね、観光を取りやめて明日帰ってくるって」

「徳本さん、教授も心配になる症例なんですね」

「それでね、明日のカンファランスはこの症例の検討会をやるから、準備しておけって」

「明日ですか？　大変だ！　私、まだ先かと思っていたので、何も準備してませんが」

「急だから仕方ないよ。細かいところは省略していいから、大事なポイントが抜けないようにまとめてくれないかな」

「わかりました。いつかはやらなければならないのですから、今夜頑張ります」

「大変だけど、重要なところだけでいいからね、あまり無理するなよ」

奈智はあわてて家に電話をかけ直した。

「もしもし、お母さん？　急にね、明日までにやることが出来ちゃって、私、今晩大学に泊まります」

「え！　そうなん？　大変やね。明日も当直でしょ？　着替えあるの？」

「それは、いつもロッカーに入れてあるから大丈夫よ」

その時、雄太の声が割りこんできた。

「ママのうそつき！　嫌い！」

「もしもし、雄太！　雄太！」

電話は切れていた。もう一度かけようかとも考えたが、この境遇への覚悟がなければ医師は務まらない、と思い直した。

ナースステーションに行き美和子の経過を最初からまとめ、重要な検査値はグラフにし、さらに資料などもコピーした。症例検討会の準備が終了したのは月曜日の朝方であった。

＊

この日も奈智は忙しかった。午前中に、予定されていた帝王切開があり、午後は二つの分娩を担当した。この二つの症例は安産で、こんなに楽な人もいると思うと、対照的な美和子の状況に心が痛んだ。

美和子の熱は下がらない。炎症の強さを示す指標であるCRPの値も24mg／dlまで上昇した。再度、君島を中心に産科メンバーで討論した結果、〝血腫を取り除く手術が必要〟と、方針変更の判断が下され、美和子は三回目の手術を受けることになった。午後四時執刀、術者は君島、奈智、矢口。予想通り、血腫は感染していて、暗赤色の固まりに黄緑がかった膿が混在している状態だった。それを取り除き、後腹膜腔と腹腔内を生理食塩水で何度も洗い、新しいドレーンを留置して手術を終了した。術後の抗菌薬は変更しなかった。薬剤を変えて日もたたず、細菌培養検査の結果もまだ出ていないからである。

午後七時、症例検討会が始まった。症例検討会は、症例の転帰に決まりがついてから、データの整理や文献調査などをすませたうえで反省と勉強を兼ねて行なわれるのが通例で、治療方針を科の全員で検討する美和子のケースは異例といえた。病棟には鳥海が詰めていて、外勤以外の教室員はほとんど医局に集合している。教授の須佐見も空港から直接駆けつけ、何とか間に合った。

奈智が美和子の経過をプレゼンテーションする。居眠りをしている者は誰もいない。須佐見がいるからではなく、この症例は医学的にも難しく、また全員が美和子を心配しているからであった。

最初の質問は須佐見からだった。

「なぜ、柊君が執刀したの？　グレードAはその場にいる一番上の者がやることに決まっているはずだ」

君島が子宮外妊娠の患者を診ていたことを話すと、榎原が質問した。

「なぜ、君島がエクトピーの患者を診てたんだ？　本来、それは柊が診るべきものだろう」

それには矢口が答えた。

「たまたま救急外来からの電話を取られた君島先生が、柊先生が大変疲れているのを知っておられたので、ご自分で外来へいらしたのです」

「それならしょうがないな。それより、この症例は経産婦だし、本当にグレードAが必要だったのか？」

須佐見の質問に、奈智は胎児心拍数の記録を示して説明した。

「うーん……子宮口が全開でなければ、カイザーしかないか」

須佐見もグレードAの必要性については納得したが、

「胎児ジストレスの原因は何か？」

と質問を変えた。

「臍帯卵膜付着です」

奈智が答えた時、須佐見の声が大きくなった。

「卵膜付着？　それは妊婦健診でチェックしているはずじゃないか？　なぜ分娩前にわからなかったんだ？」

「この方は、途中まで大田区立病院で妊婦健診を受けておられ、十ヵ月に入ってから当科にかかられたのです」

「うーん、それなら仕方ないな。後壁付着は後期に入ったら、超音波では見えないからな」

須佐見は再び鉾を収めた。

次に問題とされたのは、術中の出血だった。

「最初から出血が多かったと言ったが、どんな出血の仕方だ？」

須佐見が訊いた。

「私が緊張していたので、普段より多いと、そう感じただけかもしれません。ただ、そんな感じがして……」

要領を得ない奈智の返答に、須佐見は何か言いたそうだったが、もっと重要なことがあると思ったのだろう、話を先に進めた。

「それより、児が出たあとで出血が多い時、まず見なければいけないのは、子宮切開創の端だろう？　切開創が延長して子宮筋が横に裂けるのはよくあることだ。柊君は五年目にもなって、なぜそれがわからない？」

「すみません……私、まず実際に裂けていたほうの逆を見てしまい、そこから縫合を始めたものですから……その間にも出血がどんどん増えて、切開創の他の部分からの出血も多く、縫合する場所が見えなくなってしまって、時間がかかっている間に、患者さんがショックに陥ってしまいました」

「柊君、この手術の経験は生涯忘れるんじゃないよ。反省を反復して、頭の中に叩きこむんだ。それから、なぜ子宮切開創が大きく延長したかの理由も。わかっているだろうと思うけど」

「はい。下のほうを切りすぎたことと、焦ってしまって、手を入れて児頭を早く出しすぎたことです」

「わかっているなら、絶対に忘れないことだ。それにしても４５００ｍｌは多いな」

須佐見がそう言った時、こういう会では普段口数の少ない君島が発言した。

「あとのほうはDICになっていたんだと思います。FFPが入り出したら、じわじわした出血はぴたっと止まりましたから」

それに対して、

「本当にDICだったのかは疑問だよ」

と言ったのは榎原である。

「DICの証拠がないじゃないか？　血小板も大して下がっていないし、DICスコアだって基準を満たしていない。FDPやTAT、PICなどの動きも小さすぎる。単に出血が多いだけでも、これくらいの値にはなる。DICなら、それらはもっと高い値を示すと思いますけどね」

「榎原君、それじゃ、出血が多くなった原因は何だと思うのかね？」

「私は、この人には何か血液の疾患があるんじゃないかと思います」

「その点については、私たちも考えましたが、患者さんのアナムネ（問診）からも傍証は見つかりませんし、先ほどお見せしたように、現在まで出ている凝固系検査の結果も、それを示唆するものではないんです」

奈智が否定的な意見を述べたのに対して榎原が反論しなかったので、出血の原因については凝固因子の検査結果を待って結論を出すこととし、須佐見は討論の対象を感染に移した。

「柊君、起因菌として何を疑っているんだ？」

「MRSAの可能性が高いと思います。他には腸球菌とか、緑膿菌とか」

「細菌の培養検査はどうなってる？　いつ出したんだ？」

「金曜日に分泌液を検査に出しましたから、明日にはその結果が出ると思います」

それを聞いて、榎原が険しい表情を見せた。

「血液培養はどうした？　一緒に出したのか？　もう敗血症になっているかもしれないぞ」

「血液の培養検査は今朝出しました。熱が上がったのが土曜日の夜からだったもので、金曜日はドレーンからの分泌液だけを」

「遅いなあ！　こういう患者さんでは、早目、早目に検査しておかないと」

榎原の指摘はいつも須佐見より厳しい。しかし、血腫が見つかって二回目の手術が行なわれたのが木曜の夜中で、普通の術後発熱とは異なると疑われる体温の上昇が見られたのが土曜の夜であることを考えると、奈智たちの行なった検査の進め方が〝遅い〟ことはなかった。

投与する抗菌薬についてもいくつかの意見があったが、最後は現状を維持する方針と決定した。

検討会の終わりに須佐見が言った。

「何をしてでも、どんなことがあっても、絶対にこの患者を助けろ！　全員、協力してくれ！」

拳を握って語気を強め、美和子救命のための教室員の力の結集を促したのだった。

*

医局を出た奈智と矢口は急いで病棟に行き、６２１号室のドアを開けた。

「鳥海先生、どうですか？」

「いやあ、熱が下がらないね……というよりますます上がってきた。40度もある。血圧はいいし、酸素飽和度もいいし、お腹に出血もないと思うんだけど……過呼吸気味で、不穏な動きが多くて、何か話してくれているみたいだけど、何を言っているのかわからないんだ」

奈智たちは部屋の入口に立って小声で話した。

「抗菌薬、変えたほうがいいんでしょうか？」

「それは難しいね、変更してまだ二日目だし……。検討会で議論になったでしょう?」

「ええ、検討会では、培養結果が出るまでこのままでいこうって」

「やっぱり、そうだよね。あまり頻繁に変えるのはかえってよくないよ」

「そうですね」

奈智はベッドに近づいた。美和子は汗をかいている。眠っているようだが、声をかけてみた。

「徳本さん!」

美和子は目を開け、何度かゆっくり唇を動かすと、そのまま目を閉じた。

奈智には、

「柊……先生……私……死ぬん……ですか?」

と読めた。奈智の全身から血の気が引いてゆく。蒼白になったその顔を見て、隣にいた矢口が尋ねた。

「徳本さん、何て言ったんですか?」

「……」

無言の奈智に、矢口も黙りこんだ。

明日になったら細菌培養の結果が出る。そしたら最適の抗菌薬が選択出来る。それできっと治せる。FFPをずっと入れ続ければ、もう出血はない。菌の種類さえわかれば大丈夫だ……

そう信じる他はなかった。

鳥海が診ていてくれたのだが、三人で全身状態の再チェックを行なった。発熱に伴う頻脈と呼吸数の増加、それと意識の混濁が主な所見で、心音、呼吸音、酸素飽和度、血圧、尿量などは正常だった。心電図の波形は、すぐ前のナースステーションで看護師が常時監視している。一時期、部屋を離れても大丈夫だ。

廊下に出ると、鳥海が言った。

「厳しい状況だな」

「私、敗血症のウォームショックだと思うんですが」

「僕もそうじゃないかと考えていたところだよ。今のうちに菌をたたいておかないと、でも、その菌の正体がわからないから困るよ……。MRSAだと思うけどね……明日、熱が下がらなければ、ガンマグロブリンの投与も考えたほうがいいかもしれない」

「MRSAでも、バンコマイシンの効かない種類が出てきたって雑誌に載ってましたが……」

「もちろん、そういう報告はあるけど、この病院で出たとは、まだ聞いてないよ」

「そうですか。バンコマイシン、早く効いてくれないかなあ」

今はただ祈るのみだった。

「鳥海先生、他の患者さんはどうですか？　問題のある人います？」

当直の奈智は引き継ぎを受けなければならない。

「いや、さっき一人、陣発で入院したけど、ローリスクの人だ。陣痛も強くないから、まだまだ時間がかかりそうで、他の人もだいたい落ち着いてるね」

「それじゃー、あとは私たちが診ますので、先生はどうぞ……もう十二時を過ぎてますよ」

「柊先生も少し休んだほうがいいよ」

「そうですよ。先生、少し休んでください。昨夜も寝てないんでしょう？　徳本さんは、私が見てますから」

矢口の言葉に奈智は素直に頷いた。

「そうね、私、少しだけ眠ってもいいかな。二時間くらい眠ったら起こしてね、交代するから」

奈智は朝食以後何も食べていない。しかし、疲れが勝って空腹感はない。まずは、少し眠って休息を取りたかった。

＊

電話の呼び出し音に受話器を取ると看護師の声が聞こえた。

「柊先生、外来始まってますよ。早く来てください」

時計は九時十分をさしている。

「すみません、すぐ行きます」

矢口は私を起こさなかった……ということは、徳本さん、大丈夫なんだ……

そう思った奈智はベッドから抜け出し、鏡を覗いた。一晩ぐっすり眠ったからか、思ったより元気そうな顔に見える。流しで顔を洗ってクリームをつけ、髪を直し、白衣を手に持って当直室を出た。621号室に入ると、矢口が椅子に腰かけたまま居眠りをしていた。美和子も眠っている。熱が下がったかどうか気になったが、異変が生じた様子はない。

細菌培養の結果は今日出るはずだ。そうすれば、起因菌に効く抗菌薬を投与して感染は抑えられる。

矢口には声をかけず、急いで外来へ向かった。

妊婦外来で十人ほどの患者を診終わった十一時前、看護師が切迫した声で伝えてきた。

「柊先生！　大至急六階病棟に来てほしいって！」

「私の患者さん、誰か他の先生に頼んで！　お願い！」

奈智は外来ブースを飛び出した。エスカレーターを駆け下りて二階まで行き、渡り廊下を通って入院棟へ。大勢の人が通る間をくぐり抜け、エレベーターに飛び乗った。六階のドアが開ききらないうちに走り出し、６２１号室に駆けこんだ。

榎原が美和子に挿管をしている。

「矢口、救急部の医者を呼んでくれ！」

叫びながら、美和子の口を指で広げて中に喉頭鏡を入れ、看護師から受け取ったチューブを気管内に挿入した。

「ドーパミンの用意をしろ！　人を呼んでこい！」

と大声で怒鳴り、酸素チューブをつないだバッグで人工呼吸を開始した。その時、奈智に気づいた。

「柊、呼吸音聞いてくれ！　入ってるか？」

「バリバリいっています！」

「肺水腫だ！　人工呼吸器持ってこい！」

と看護師に叫ぶ。福田が駆けこんできた。

「家族に連絡しろ！　ドーパミン入れてくれ。血圧も下がってる」

福田が救急箱から薬を出して注射筒に吸い、生理食塩水で希釈して新しい点滴セットを用意した。

「速度は？」

「0・5mg／分だ。早く入れてくれ！」

榎原はバッグを押して肺に酸素を送ろうとするのだが、気管チューブには泡沫に混じって赤黒い血液が逆流してくる。この状態では必要な量の酸素を与えることが出来ない。

「柊！　吸引してくれ」

奈智は救急セットから細い吸引チューブを取り出し、榎原がコネクターをはずした気管チューブの中に入れた。黒い血がどんどん引ける。

「肺出血だ！」

榎原が叫んだ。

その直後に駆けつけた君島と、一緒に戻ってきた矢口の目に飛びこんだのは、モニター画面に映る異常な心電図だった。著しい徐脈だ。矢口が音量のつまみをまわした。

「ピーーーーー、ピーーーーー、ピーーーーーーーーー」

音とともにモニターの波が消えた。君島が美和子の胸の上に飛び乗る。

「心停止だ！ ボスミン用意しろ！ ＡＥＤ（除細動器）と板を持ってこい！」

と叫び、心臓マッサージを始めた。

「ボスミンです」

「ワンショットで静注してくれ！」

君島が心臓マッサージの手を止めると、全員が固唾を呑んでモニター画面を凝視した。波は現われない。

「もう一筒！」

結果は同じだ。

「針付きでくれ！」

福田が針の付いた注射筒を渡した。受け取った君島はそれを左の胸に突き刺した。全員の目が再びモニターに注がれる。一瞬、心電波形が現われた。君島は心臓マッサージを再開した。それに合わせて、心電波形が動く。

矢口が、持ってきた除細動器を床に置き、板を美和子の下に敷いた。それを待って君島は胸を押す両手に力を込める。

「酸素が入らないよ！ この出血じゃ！」

榎原が叫んだ。美和子の口からは、気管内チューブと唇の間からも血が流れ出していた。お腹を見ると、ドレーンからも手術の創からも血液が滴り落ちている。

「また、出血傾向だ！　FFPの速度を早くしろ！　輸血もオーダーしろ！」

君島は手を止め、心電波形を見た。一直線だ。

急いで、除細動器の電極を美和子の左右の胸につなぎ、ボタンを押した。

「ドーン」

美和子の身体が跳ねあがる。

「ドーン」

全員が見つめたが、心電波形は現われない。

それでも君島は力を強めて心臓マッサージを再開した。それを続ける限り、血液は少しでも全身に送られる。しかし、肺から酸素が入らないのでは、送られる血液の酸素分圧は徐々に下がっていく。

奈智は、榎原の指示で気管内の吸引を行なった。真っ黒な血がいくらでも引ける。コネクターをつないで、酸素バッグを押しながら榎原が言った。

「ダメだ！　どうしても酸素が入らない」

「もっと圧をかけろ！」

君島の言葉に、榎原がバッグを押す手に力を込めた。

救急部の医師二人が人工呼吸器を押し、息を急《せ》かせて部屋に入ってきた。

「先生！　どうですか？　つなぎましょうか？」

「でも、全身から出血して、肺からも……出血がひどいので酸素がなかなか入りません。

FFPがんがん入れろ！」

救急部の医師は心電図モニターに目を向けた。君島が心臓を身体の外から動かしているので、そのたびに波は出るが、本来の心電波形ではない。胸に聴診器を当てたが、バッグが押されるたびにゴロゴロとうがいのような音がするだけで、酸素が肺胞に届く気配はまったくない。救急部の医師は観念した。このケースは蘇生出来ない、と。

君島は必死で心臓マッサージを続けた。榎原もバッグを押し続けた。あとのメンバーはただ茫然とその場に立ち尽くすだけだった。

「ボスミンもう一筒！」

と君島が叫んだ時、救急部の医師は顔を下に向けた。それでも、君島は心臓マッサージを続け、榎原も酸素バッグを押し続けた。

五分後、二人は動きを止め、心電図モニターに目をやった。

「ピーーーーーーーーーーーーーーーーーーーーーーー」

平成十五年十月二十一日　午前十一時三十二分。

その瞬間、奈智の時間が止まった。すべての感覚入力が遮断された。

〝母体死亡〟。産婦人科医師であれば、誰もが一度は経験するであろう医療における最大の悲劇に、奈智は今、直面した。ただ、直面したのではない。この死に最も深く関わった医師の一人として、悲しみとともにそれに対する責任の意識が身体の芯を突き抜けた。

奈智は膝から崩れ落ちた。両腕を肩からぶら下げ、口を少し開き、視線は波の出ない心電図モニターに向けているが、脳に伝達されるすべての情報は認識の前で遮断されている。福田は目を伏せ、ただ立ちすくむ。榎原は口を一文字に結び、壁の彼方を凝視している。君島は顔を上に向け、震える唇を噛み締めた。矢口はベッドと逆のほうを向いたまま、両手で顔を覆っている。心電計は何の音も発しない。621号室は静寂に包まれた。

＊

しばらくして、救急部の医師が両手を合わせて美和子に一礼し、部屋を離れた。他の医師たちと看護師も同じ行動を取った。かわって、師長と年配の看護師が入ってきて、散らかった器具の片づけを始めた。器具の整理を終えると、美和子の口から気管チューブを取り除き、静脈から点滴の針を抜き、胸から心電図の電極をはがした。血に汚れ、はだけた病衣を脱がせて新しくし、血が飛び散ったシーツを交換した。櫛で髪を梳かし、濡れガーゼで顔の汚れを落とすと、上下の唇を押し合わせて、開いていた口を閉じ、薄くお化粧を施した。最後に美和子の両手を胸の上で握り合わせ、二人揃って合掌し、黙禱を捧げた。

部屋には奈智だけが残っていた。奈智はベッドから離れた床に両手と両膝をついて、すべての感覚を失ったまま虚脱状態でうなだれていた。師長たちが両腕を抱えるようにして上半身を支えあげ、「柊先生!」と小声で呼びかけたが、まったく反応がない。奈智は、まるで死体のように二人の看護師の肩にぶら下がり、両足を引きずって部屋から連れ出された。

三十分後、君島と師長に付き添われ、慎一が621号室に入った。慎一は無言でベッドに駆け寄り、跪《ひざまず》いて、胸の上で合わされた美和子の手を両手で握り締めた。目から涙が溢れ出す。左腕で涙を拭って、右手で美和子の髪を撫で、その手で頰に触れた。まだ暖かい。妻の温もりが伝わる。

「美和子！　何で！　子供たちと俺を残して……」

慎一は頭を横に振りながら嗚咽の声を漏らした。

そこに、慎一の母親が優美を抱いて現われた。弟の健二《けんじ》夫婦も一緒だった。義妹は、部屋に足を踏み入れることなく、ドアの柱にもたれかかり泣き崩れた。

「お義姉《ねえ》さん、死なないで！」

健二は、中に入ると慎一の肩を抱き、「兄さん！」と一言発して、首を垂れた。母親が美和子に近づき、「私がかわってあげられれば」と目頭を押さえる。

両手を美和子のほうに伸ばして泣き叫ぶ優美の声が部屋中に響きわたる。

「ママ、抱っこ！　ママ、抱っこ！」

＊

午後三時を過ぎていた。奈智はナースステーションの奥にある看護師休憩室の椅子に腰かけ、テーブルに頬杖をついて前の壁を見つめていた。壁の向こうには泣きじゃくる優美から美和子を連れ去る自分の姿が映っている。

ドアを開けた看護師の声が耳に入った。

「徳本さん出棺になりますよ」

無言のまま、弱々しく立ちあがって部屋を出た。エレベーターに向かい廊下を進む後ろ姿は、敵に打ちのめされ、傷を負って帰路を歩む敗軍の兵士である。

地下二階でエレベーターを降り、重い足を運びながら、慎一に何と声をかけるべきか、と考えた。何も言葉が出てこない。霊安室までの通路はくすんだ白い壁に囲まれ、七十メートルほどある。奈智には長い道程だった。角を曲がると、霊安室の入口に、通り道を作るように二列に並んだ白衣と看護服が見えた。その姿がだんだん近くなる。医師たちが沈痛な、また、神妙な顔つきで直立している。霊安室に着いたのは奈智が最後で、他の者は既に拝礼をすませていた。後方に立つ榎原の目に促され、満身の勇気を振り絞って列の中央に足を踏み入れた。うつむいて歩みを進めると、上目に美和子の眠る棺が見えた。前段の机には、一輪の菊と水の入ったコップが置かれてある。その前で立ち止まり、そうっと手を合わせる。全身が大きく揺れてきた。最前列にいる慎一と親族、その後方に並ぶ医師と看護師たちが自分に目を注いでいる。すべての視線が、〝この人の死に最も重い責任を持っているのは君だ〟と囁いているようにすら感じられる。

両脚に力をこめて揺れる身体を何とか支え、黙禱を捧げた。顔を上げて身体の向きを右に変えた時、優美を抱く慎一の姿が目に入った。

顔を合わせてはいけない、泣き崩れてしまいそうだ……

視線を下に落とし、慎一の前で頭を深く下げ、足だけを見て何も言わずにその場を通り過ぎた。ほんの少し歩みを速めて、最後列の榎原の隣に並んだ。

それを待っていたかのように、親族によって棺が担がれ、列の間を進み出した。うしろに慎一と優美が続く。進むに合わせて、並んだ人達が順に頭を下げる。

霊安室の前の広間の反対側の扉を開けると寝台車の待つ駐車場がある。親族は棺を寝台車に乗せ、見送った人達に一礼し、それぞれ自分の車に乗りこんだ。医師と看護師も返礼をする。病院で一つの生命を見送る悲しい儀式である。

最後の車が駐車場の角を曲がりきったあと、ある者は早足で、ある者は重い足取りで次々と去っていく。奈智も病棟に向かったが、ふと足を止め、うしろを振り返ると誰もいない。その瞬間、押し留めていた涙が目から溢れ出した。緊張の時が過ぎ去り、再び悲しみが込みあげてきた。奈智は涙が落ちないように顔を上に向け、霊安室に戻り、祭壇の前まで行って両膝と両手を床についた。美和子はいない。滲んだ目に菊の花が一輪浮かんで見える。

徳本さんをご主人と優美ちゃんと勇太君から連れ去ったのは私だ。出血をあんなに大量にさせたのは私だ。私の責任だ。ごめんなさい、徳本さん。ごめんなさい……

肩を震わせる奈智の、両腕の間を大粒の涙が零れ落ちる。

第5章　震える声

「対策って？　何の？」

「彼らはいつも見張っているんだ。何か起こると必ず嗅ぎつけてくる」

「でも、この症例はミスではないし」

「ミスがあったかどうかが問題ではないんだよ。母体死亡だろう？　しかも大学病院で、原因として院内感染が疑われるとなれば、話題性が高い。彼らは話題性の高い事件には飛びつくんだよ」

美和子が亡くなったその夜、須佐見は病院長の嶋秀雄《しまひでお》と会談していた。

「受け持ちの連中は皆良くやった。今でも防げない母体死亡はあるんだよ。日本国中でまだまだたくさん起こっているんだ」

須佐見が声を大にして言った。

「それくらい、私にもわかっているよ。問題は大学病院で起こったこと、それと院内感染が原因ということだ」

「院内感染が原因とは確定してないよ。これからきちっと分析しないといけないんだ。まだ〝疑い〟の段階だ」

「彼らにはそれで充分なんだよ。疑いだけで」

「だから？　どうだっていうんだ？　こちらから新聞社に報告するというものでもないだろう。異状死として警察へ届けるべき事例でもないし、いったい何への対策が必要なんだ？」

当惑を隠せない須佐見だが、嶋は考えを巡らせていた。

「帝王切開の術後の患者さんが突然亡くなったということは、明日には病院中に知れ渡るだろう。病院には職員が全部で1800人、入院中の患者が1000人近くいる。外来に一日2500人以上の患者が来る。その中に誰か……特に悪意はないにしても、例えば亡くなった人への同情とか、あるいは正義感からでもマスコミに投書しないとは限らない。中には、こういう事が起こると、必ず医者が悪いと思う人もいるからね。病院に不満などあればなおさらだ。それに……」

「それに？」

「それに、この種の報道は今が旬だ。知っているだろう？　川北大学、西山大学と軒並みにやられているじゃないか。うちはリスクの高い症例を抱えていても、先生たちがよくやってくれているから、私が院長に就任してから、今まで一度も大きな事件はなかった。だからこそ、狙われやすい。それだけじゃない」

「まだあるのか？」

「うちは、ついこの間、国家試験の合格率が高いとか、学生教育が良いとか、毎読新聞に載ったじゃないか。こういう時こそ、狙われるんだよ、何かあったら」

「そんなものかね？」

須佐見は嶋の深慮に感心しながらも、現実的には捉えていない。

嶋は切実だった。特にこの時期、どの病院でも院長の頭を最も悩ませていたのは医療事故に関わる問題であった。医療安全の体制作りに力を入れ、事故防止の対策を練りに練っても、実行するのは現場の医師や看護師たちで、ベッドサイドの事柄となると、院長には訓辞で士気を鼓舞するくらいのことしかできない。病院が大きくなればなるほど、診療現場への目は行き届かなくなる。院長に個々の事例の責任を負わせるのが無理なことは誰もが承知している。それでいて、何か事件が起きると矢面に立たされるのは常に院長である。マスコミへの対応にも神経を尖らさざるを得ない。

「私は準備しておくべきだと思う。そのうち、いや近いうちに必ず、新聞社かテレビ局が何か言ってくるよ、"院内感染で患者さんが死亡したのは事実ですか？"とかね。いつかは記者会見をやらされると思うよ」

「オレは謝らないよ」

須佐見の声が再び大きくなった。

「どうして、カメラに向かって頭を下げなければならないんだ。あれは決してミスではない。皆、全力を尽くした。それでも、助けられなかったんだ。しょうがないだろう」

「そう興奮するな。須佐見は変わらんな、学生時代と一緒だ。君に頭を下げてくれと言っているわけではない。問題はどう対応するかだよ。つまり、病院側にまったく落ち度がなかったと言いきってよいかどうか、結局は、死亡に至った経過とその原因をどう説明するかだな。今わかっている範囲で話すしかないんだが、それをどこまで断定的に話すかが問題だ。曖昧な表現をすると隠蔽体質とか言って批判されるし……あとで違っていたとなると、逆にそのことを問題にされる。急いで症例の経過を分析してこちらの見解をはっきりさせておかないと」

「分析はこちらでしっかりやるけど……嶋、頼む、もし記者会見になったら一人でやってくれ。オレは記者会見など出たくないんだ。頼む！　そういうのは苦手なんだ」

嶋と須佐見は大学の同級生だが、普段、須佐見が病室の改装や医療機器の購入などの陳情に来る時は、二人ともそのことを特に意識していない。須佐見はよく熱くなるが、嶋は冷静で、極力公平な対処をしている。しかし、この時は違った。須佐見の目が〝同級生だろう〟と言っていた。

「まいったな……普通は何人か出てるだろう。詳しい経過を知っている者がいないのはまずいよ。担当医を出させるのも可哀相だし……」

「受け持ちには何の責任もない！　院内感染が問題だとしたら、それは病院の責任だ。うちの科としては……その前の経過にまったく問題がないとは言いきれないが、しかし、ミスとかいう種類のものではないんだ。力が及ばなかったんだよ」

「それはわかっているが、私としては、まず症例の全経過を把握しておかないと……このケースでは、特に感染前の経過が重要だ。そこをしっかり分析して、感染との因果関係をはっきりさせてくれなきゃ困るよ。それと、細菌培養の結果はいつ出るんだ？」

「明日には出ると思う。バンコマイシンに耐性のＭＲＳＡかな？　慎重に抗菌薬を選んだんだがなあ」

「須佐見、やっぱり君も出てくれよ。担当科の教授が出ないのはおかしい。そのかわり、君は一言も話さなくていい。私がすべてを説明する。どうしても私に答えられない質問が出た時だけ援護してくれ。君が記者と話すと何を言い出すかわからないからな」

嶋は冗談めかして言ったが、本心でもあった。

「う～ん……それで、いつになる？　記者会見」

須佐見は渋々ながら承諾したようだ。

「それはわからないよ。早いと明日、遅くても一、二週間以内にはやらざるを得なくなるだろう」

「副院長と事務長にも立ち会ってもらおう。オレはいちばん端で黙って座っているだけだぞ」

ようやく覚悟を固めた須佐見に、嶋が念を押した。

「頼むよ、気が変わったとか言わないでくれよ。詳しい経過は君しか知らないんだからな」

「杞憂に終わることを願うけどね」

「それじゃ、その症例の経過報告書を作って提出してくれよ、できるだけ早く。それから、培養の結果が出たら大至急知らせてくれ」

「わかった。経過報告書は明日中に届けさせる」

「ところで、患者さんの名前は？」

「徳本美和子　二十八歳」

「二十八歳か……若いのに……子供は助かったんだよね」
嶋が悲しそうな顔をした。

＊

その頃、奈智は品川駅前のビジネスホテルの一室で一人悲しみを抱えこんでいた。伸子には、もう一晩大学に泊まる、と電話を入れたが、そのあと、どのようにしてここに辿り着いたか覚えていない。ただ、ここなら誰にも会わずに一人で泣くことができると思った。

美和子の死は、奈智にとって、医師の目から見る〝難しい症例の転帰〟ではなかった。〝最初の手術で生命を危うくしてしまった〟の気持ちが美和子と家族への思い入れを特別なものにしていて、二回の再手術には家族以上に心を痛めていたのだった。そんな中で迎えた悪夢のようなこの結末に、奈智は、自らの悲痛な思いに加えて、慎一や子供たちの悲しみをも自身の中に引きこんでいた。死亡との因果関係がどうであれ、自然な心の流れとして、大量出血への悔恨の思いもそれらの上に重なってくる。ベッドの脇に座りこみ、両手を床についたままで時間が過ぎていった。

どれくらいたっただろうか、奈智は疲労を感じ始め、そのうち、疲れが全身に押し寄せてきた。「少し休ませて」と立ちあがり、冷蔵庫からウィスキーの小瓶を取り出し、水割りにして二錠の睡眠薬と一緒に飲んだ。休むためには意識をなくすしかないと思った。ベッドに入り目を閉じると、だんだん頭の芯が軽くなってきて、身体がフワフワと揺れてきた。解放感や高揚感というのではなく、朦朧とした感覚が全身を覆って、頭の中で交錯し絡まっていたいろいろな思いが鈍くなってゆく。その感覚が薄まって消えてしまうと、奈智の脳は闇の中を漂い出した。

闇の中に何かが見える。優美を抱いた慎一、他にもいる、雄太と伸子だ。雄太が手を振っている。美和子と一緒の奈智から四人が遠のいてゆく。その姿が次第に小さくなり、見えなくなった時、脳は完全に睡眠の相に入った。

「ドキーー、ドキーーー、ドキーーーー」

胎児心拍のドプラ音を聞いたような気がして、はっと目をさました。辛い夢を見ていたのか、寝衣が汗でぐっしょりと濡れている。枕元の時計の針は六時を指していた。浅い眠りではあったが、四時間ほどは身体と心を休めることが出来た。奈智はシャワーを浴びて鏡の前に立ち、中の顔を覗きこんだ。そしてその顔に問いかけた。

「なっちゃん、この悲しみを背負って生きていけるの？　医師としてやっていけるの？」

それは、母親の伸子と叔父の康男からの問いのようにも聞こえた。

その質問には答えられない。それよりも、今、どうすればよいのか？　何をしなければならないのか？　今日は水曜日、分娩番だし、他の受け持ち患者もいる。カルテの整理も残っている。教授に報告もしていない。病院には書類を提出しなければならない。

奈智は医師になってから四年半の間、皆勤で通してきた。いつも気が張りつめているからか、風邪を引いても高熱を出したりはしないし、どんなに疲れていても勤務に穴を空けたことはなかった。だけど、今日はどうしても行きたくない。誰とも会いたくなかった。君島先生はわかってくれると思い、サイドデスクの上の電話の受話器に手をかけ、取りあげた。が、ボタンをプッシュし終わったところで思い止まって受話器を下ろし、再び問いかけた。

「なっちゃん、あなたはそんなに弱い子なの？　自分が辛いからといって責任を投げ出していいの？」

今度は父親の義男の声に聞こえた。

「お父さん、私……」

「辛いことや悲しいことは誰にでもあるんだよ。お父さんは、なっちゃんがそんな無責任な人間だとは思いたくないよ」

「無責任だなんて……」

「なっちゃんは大事な仕事に就いてるんだろう、出勤するのは果たすべき最低の職務じゃないか」

……今日行かなければ、明日も行けない。三日たったら行けるだろうか？　今日行かなければこれからも逃げることを考えるだろう。それでは責任を果たせない……

奈智は思い直した。

着替えをすませてロビーに降り、コーヒーを一杯飲んでホテルを出た。外は風が冷たく、眩しい朝日が目に沁みる。目を瞬《しばた》かせて、「行かなくては」と呟き、奈智は駅へと足を向けた。

＊

「柊先生！」

白衣に着替えるため当直室に直行すると、中で矢口が待ち構えていた。

「徳本さん、エンドトキシンショック（細菌から出る毒素による障害）ですよね」

「そうかもね」

今の奈智は、美和子死亡の直接原因には関心が向いていない。美和子の死亡、その事実が何よりも重かった。

美和子の死には矢口も大きな衝撃を受けていたし、悲痛な思いは他の者と同じである。ただ、奈智とは違って、その悲しみは一人分だった。責任の意識も違っていた。矢口は受け持ち医の中の最年少の研修医で、何の責任を問われることもなければ、実際にも責任はない。美和子が亡くなるまでの全過程において、矢口はまったく落ち度なく自分の役目を果たしたのだ。性格の違いもあるのだろう、矢口の立ち直りは早かった。

「先生、培養の結果が出ました。緑膿菌だったんですよ、バンコマイシンが効かないはずですよ。感受性試験の結果はまだ出てないんですが、チエナムも効かなかったんですね」

「緑膿菌、そうだったの」

素っ気ない奈智の返事にも、矢口は興奮気味に話を続けた。

「昨日、君島先生に〝午前中は徳本さんの部屋にいて診ているように〟と言われて、ずっと621号室にいたんです。十時半頃、急に酸素飽和度が下がって、呼吸も浅くておかしいし、血圧を計ったら80mmHgに下がっていたんです。尿もほとんど出ていないし、あわてて君島先生を探したんだけど見つからなかったので、福田先生に報告したら、すぐ来てくれて、徳本さんの呼吸をみるなり〝人工呼吸での管理が必要だからICUに入れたほうがいい〟って。それで、ICUに電話して……部屋に戻ったら徳本さん、口から血性の泡を出して呼吸がほとんど止まってたんです。看護師さんが一人みてたんですが、彼女もおどおどして何もできないし、私、大声で〝誰か来て！〟って叫んだんです。それから、〝外来の柊先生に連絡して〟って」

「そうだったの」

矢口の報告を聞いているふうに見えたが、話の中身はほとんど奈智の脳に伝わっていなかった。

「エンドトキシンショックってあんなに進行が早いなんて知らなかった。本当の〝急変〟ってああゆうのを言うんですね」

奈智は黙って頷いた。

「あとから結果が出たんですけど、火曜の朝の検査データ、ひどかったですよ。肝機能も腎機能もむちゃくちゃでした。血小板もすごく下がっていて……最後は多臓器不全だったんですね」

今は何を聞いても頭に入らない。

「そのデータの分析、あとにしましょう。今、検討を急いでもしょうがないし……」

奈智は、矢口の話を止めた。

二人が六階のナースステーションに入ると、看護師たちが業務の引き継ぎをしていた。勤務の交代で担当患者の容態などを申し送るのだが、どの顔にも沈痛な思いが滲み出ている。声も沈んでいて朝の活気がない。廊下も病室も静まりかえっている。

美和子が急死したことは、その日のうちに病棟中に知れわたっていた。産婦人科病棟では、癌などの悪性腫瘍患者が年に十人以上死亡するのだが、ほとんどの場合、死亡は数日前から予知されている。それでも、次の日は病棟中が重苦しい空気に包まれる。まして、美和子は産科患者で、その死は突然であった。衝撃が波紋となって病棟中に広がり、空気はまるで質量を増したかのようだ。

その重い空気を吸いこみながら、奈智と矢口は、作業テーブルの椅子に腰をかけ、分娩患者の引き継ぎを受けるために、昨夜の当直医を待った。

そこに君島が現われた。押し黙ったままうつむいて二人に近づいてきたが、前に来ると顔をすっと上げ、きりっとした目つきで話し始めた。

「徳本さんを助けられなかったのは本当に残念だ。力が及ばなかったと言ってしまえばそれまでだが、我々にとっては反省すべき点がたくさんある。我々はもっと力をつけなければ……」

二人は立ちあがって、奈智は目を伏せながら、矢口は神妙な顔つきで、君島の話を聞いた。

「残念だ、本当に口惜しい……私の悲しみも君たちと同じだ」

よく見ると、この時、君島の目はかすかに潤んでいた。

「だが、この悲しみに負けてはいけない。我々はここで立ち止まってはいられないんだ。いいか、君たち、この悲しみを乗り越えて、口惜しさをバネにして、一まわりも二まわりも大きく成長してくれ」

普段は説教じみたことを多く言う男ではないが、この日は話さなければならないと考えてきた。

君島は七年前に、自らが受け持ち医の一人で、しかもその中の責任者として母体死亡を経験している。双胎分娩のあとの弛緩出血だった。あっというまに6000ml以上にも及ぶ出血があり、輸血が追いつかなかった。クロスマッチに時間がかかったため、血液が2000mlしか届かなかったのだ。君島は今でも後悔している。あの時は、自分で輸血部へ行って、検査技士とけんかしてでも不足分の血液を持ってくるべきであったと。検査技士も怠けていて遅くなったわけではなかった。疑わしい反応が出たため慎重を期して、パックごとに複数回のチェックをしていたのだ。君島は、クロスマッチをしなくても良いから早く追加分を届けてくれ、と伝言を送ったのだが、検査部に現場の緊急性は伝わらなかった。検査技士は輸血のための手順を忠実に守り、君島はまだかまだかとただ待ってしまったのだ。このケースでは、血液型さえ合っていれば、検査を省略してでも必要量の輸血を行なうべきであった。それが出来ず最悪の結果を招いたことを、君島は自分の責任と感じ、しばらく落ちこんで、業務に気が入らない時期もあったのだが、その後見事に立ち直り、今の立場に就いている。

「とにかく、眠ることだ。こんな時こそ眠らなければダメだ。それは私が経験している。一晩眠り、二晩眠りするごとに悲しみは薄らぎ、口惜しさも後悔も弱まってゆく。眠ることで心身ともに力を取り戻すことが出来る。夜、徳本さんのことを思い出して眠れなければ、そういう時は睡眠薬を飲んでも良い、酒を飲んでも良いから眠ってしまえ。目をさました時、少しは気分が変わっている。次に、業務に打ちこむことだ。君たちを待っている他の患者さんがいることを忘れるな。そして、仕事以外では気分転換、何か好きなことがあればそれに熱中すること。すべてを忘れて熱中するように努力するんだ。そうして、月日を稼ぐ。日がたつにつれ、心も立ち直ってくる。そしたら、そのあとで、症例としての問題点を徹底的にディスカッションしよう。次に同じような症例に当たった時は、絶対に助けられるように」

君島は七年前に得た教訓を二人に語った。とはいっても、視線は主に奈智に向けられていた。

「ありがとうございます」

二人が同時に声を出したが、奈智の声は小さかった。

美和子の急死には君島も痛恨の思いを抱えていた。自分の責任が最も重いと思っていた。しかし、病棟医長として、部下の前で軽々しく動揺を見せることはない。君島には、難しい症例の集まる大学病院の臨床現場で様々なケースに直面してきた二十年近くの経験がある。診療の結果に対する医師としての責任であれば、どんなに重くとも、担って崩れない逞しい精神力が培われていた。

君島は最後にその日の業務を二人に告げた。

「今日の分娩番は井本と濱岡に交代する。それはもう伝えてある。君たち二人は急いで徳本さんの経過をまとめてくれ。今日中に、院長に報告書を届けなければならないんだ。細かいことは必要ない。重要なことだけ、わかりやすくまとめてほしい。君たちもチェックしたと思うが、今朝結果の出た緑膿菌のことも入れて」

「わかりました」

また二人の声が重なった。

「経過報告書が出来たら僕に提出してくれ。それがすんだら、今日は二人ともフリーだ、早く帰って休息を取ること。心身ともに休ませるんだ」

奈智と矢口は大急ぎで美和子の経過をまとめる作業を行なった。三日前に作成した症例検討会用の資料が役に立ったが、その後の部分はほとんど矢口がまとめたといってよく、奈智の脳はやはり働いていなかった。

＊

公園の空気は匂いも味も病院と違っていた。空はよく晴れ、澄みきった陽射しと涼やかな秋風があたりを包む。

大学に近いこの公園に奈智が最後に足を運んだのは五年前で、別れた夫、隆弘と一緒だった。お腹に雄太がいた時である。雄太が生まれたあと、家の近くの公園にはよく出かけたが、この洗足池には来ていない。医師になってからは生活が一変し、公園に来ることもなくなった。毎日が忙しく、特に最近は、過去を振り返る時間すらも少なくなっている。

学生時代も勉強は楽でなかった。かつて、医学生は勉強しないと言われた時代もあったのだが、奈智の頃には、学ぶべき知識が昔とは比べものにならないほど増えていた。医学の進歩に伴い、病気の原因、症状、診断法、治療法などについて覚えなければいけないことが指数関数的に増加したのみではなく、学生中に実地医療の基礎知識を習得することも要求され始めていた。国家試験が難しくなり、それに呼応して卒業試験、溯って各学年ごとの期末試験も難度が高くなった。それでも、医師となって働き始めてからと比較すれば、学生時代にはまだ時間のゆとりがあった。山岳部に属していた奈智は、部活で隆弘と親しくなり、この公園には結婚前に二人でよく来た。授業中、教室を抜け出して来たこともあった。

池を中心とした周囲一・二キロの公園の西北の一角に桜山がある。春は花見客で賑わうが、この季節は人が少ない。奈智は桜樹の間に置かれたベンチの一つに腰を降ろし、水面に遊ぶ水鳥を眺めながら、雄太の出産、隆弘との結婚、楽しかった学生時代、と無意識のうちに脳に書きこまれた記憶のノートを逆に繰っていた。

医学部を目指して猛烈に頑張った高校三年生。その前はバスケットに熱中していた。小さな身体でレギュラーポジションを取れたことが自信につながった。公式戦にはいつも伸子が応援に来てくれた。高校時代の懐かしい友人の顔が瞼に浮かぶ。中学時代は、父親を失った悲しみがあまりにも大きい。あの時も辛かった。二晩も三晩も伸子と泣き明かした。小学校時代は思い出に溢れている。義男に連れられてよく山に登った。いつも前夜からわくわくしていた。魚釣りにも連れていってもらった。足を踏み外して海に滑り落ち、血相を変えて飛びこんだ義男に抱かれて辿り着いた岩の感触まで思い出す。

記憶のノートは最初のページに近づいていた。ここに似た公園で、今の雄太と同じ年の奈智は元気が余っていた。池を跨《また》ぐ五十メートルほどの橋の手前で義男と伸子の手を離し、一人で前に向かって走り出した。橋の中ほどまで来て左に目を向けると、水鳥が二羽、じゃれあっているのか、けんかをしているのか、小さな円を描くように水面をぐるぐる回っている。それも、身体を半分浮かせ、両翼を羽ばたかせながらすごい勢いだ。奈智は足を緩め、欄干に近寄って二羽の水鳥に見入った。何分もの間、水面に波の輪を作り続けた末、一羽が急に飛びあがり、それを追うようにもう一羽も飛び立って、今度は空で追っかけっこが始まった。やはりけんかなのかと思った時、二羽はそのまま方向を変え、遠くへ飛んでいってしまった。

気がつくと、義男と伸子がいない。橋は親子連れや若い人達の行き来で混みあっていた。奈智は不安になり、対岸に向け人の間をくぐって走り、橋の麓《ふもと》に着いたが、そこには見知らぬ人しかいなかった。まだ来ていないと思い、二人と手を離した場所まで戻って、まわりを見渡し、あたりを走り回って探したが見つからない。不安は頂点に達した。幼心に、この世で一人ぼっちになった恐怖を感じた。

「ママ！　パパ！」

大声で叫び、その場に座りこんで泣きじゃくっていると、一人の若い女性が近寄ってきて、手を差しのべてくれた。

「どうしたの？　パパとママ、いなくなっちゃったの？　一緒に探そうね」

女性に手を取ってもらい少し安心した奈智は、泣くのをやめ、腕で涙を拭いながらまた橋を渡った。向こう岸を歩いて事務所に近づいた時、伸子が奈智を見つけて駆け寄ってきた。

「なっちゃん、なっちゃん、どこへ行ってたん？　心配してたんよ」

伸子はその女性に丁寧に礼を言い、奈智を抱いて義男のところへ戻った。二人は事務所に迷子の届けを出そうとしていたところだった。伸子から奈智を受け取った義男はしっかりと抱きしめて言った。

「なっちゃん！　もしなっちゃんがいなくなったら、パパとママはあの池に飛びこんで、二人とも死のうと思ってたんだよ」

記憶のノートに書き残されている中では、奈智が両親の愛情を初めて知らされた出来事である。

ここまで来て、奈智のノートめくりは終わった。これまでの人生で最も大きな試練といえる美和子の死、これを乗り越えなければ、両親の愛情に報いることは出来ない。身じろぎもせずベンチに座り、水鳥が空へ飛び立つ姿を目に映しながら、奈智は、わずかではあるが、那落の底から這いあがる気力を身体の奥から引き出そうとしていた。

＊

夕食の準備をすませた伸子は、雄太を遊ばせながら奈智の帰りを待っていた。食卓の向こうには機関車トーマスのレールが組み立てられている。

「オバーチャン、パーシーね、僕、トーマス。こっち、こっちから行くの。トーマスが先だよ」

「はい、はい。トーマスは速いね、それじゃ追いつかないね」

つけっぱなしにされていたテレビの、七時のKNHニュースが終盤に差しかかった時、伸子の目がそちらに釘づけとなった。

「オバーチャン、早く！」

「ちょっと待っててね……」

画面には、白衣を着た年配の男性三人と背広姿の同年代の男性一人が、マイクの置かれた横長のテーブルを前にして並んで映っていた。向かって一番左に座っているのは須佐見教授だ。伸子は一度だけ会ったことがあった。卒業謝恩会で挨拶した時、奈智が産婦人科に入局することを喜んでくれた人だ。教授は険しい顔をして、まるでこちらを睨んでいるようだ。左から二人目の人が話をしている。

院長先生だ……

伸子は直感を働かせた。

〝城南大学産婦人科、術後患者が死亡〟のテロップが画面の下に見える。

「今入ったニュースです。東京都品川区の城南大学病院産婦人科で、帝王切開の手術後の患者が、院内感染のため昨日死亡していたことが、今日午後四時の病院側の記者会見で明らかになりました。嶋病院長の説明によりますと、この患者は緊急帝王切開の際、大量の出血にみまわれ、その後も術後出血を繰り返し、三度の手術で体力を消耗、抵抗力が落ちたところに多剤耐性緑膿菌という抗生物質が効かない菌が感染した可能性が高い、とのことです。また院長は、術後出血の原因については、現在調査中であると述べました。医療事故が増えています。大学病院ですから、医療安全には万全を期してもらいたいものです。次のニュース……」

仲子の顔は色を失っていた。

この記者会見は、嶋の予想通り、新聞記者から事実確認の電話が入ったため、嶋自身の〝早いほうがよい〟との判断で、その日のうちに急遽取り行なわれたものであった。

「オバーチャン、あそぼうよ」

雄太がうしろから仲子の肩に手をかけた。

「おばあちゃんね、用事思い出したの。ちょっと一人で遊んでてね」

仲子は立ちあがって台所に入った。流しの水道の栓をひねり、コップに水を入れて一息に飲みほすと、栓を閉めるのも忘れて考えこんだ。

亡くなった患者さんは、このあいだ奈智が手術した人に違いない。出血が多くて君島先生に助けてもらったと言っていた。奈智は日曜日に電話で呼ばれて病院へ行ったままだ……

胸が締めつけられる思いだった。

「ただいま」

明るい声で奈智が帰ってきた。

「ママー、ほら見て、トーマスだよ。ほら、ほら見てよ。オバーチャンとレール作ったんだ」

雄太に手を引かれてリビングに行くと、床には、長径が一メートル近くもある大きな楕円の形をした木製のレールが敷かれていた。周回経路の途中には小さな丘や鉄橋や信号などもある。

「本当だ、すごいね」

「一緒にやろー。ママ、パーシーね」

奈智は着替えもせず、そのままレールのそばに座りこんで雄太と遊び始めたのだが、いつもの〝お帰り〟の声が聞こえないことを不審に思い、台所に目をやると、流しの前で蛇口から水を出しっぱなしにして伸子が突っ立っている。

「お母さん、水出しっぱなしよ。お母さん！　どうかしたの？」

「ああ、何でもないの」

伸子はあわてて水道の栓を閉めた。

「さっきね、お友達から電話があってね、具合が悪いんやて。それでちょっと心配してたの」

「誰？　柴山さん？」

「う〜ん、あなたの知らない人よ。明日病院に行くって言うてはったから、その結果を聞いて、必要ならなっちゃんに相談するわね。それより、ご飯まだやろう、すぐ用意するから……先にお風呂入る？」

仲子の演技は完璧だった。

「そうね、お風呂先にしようかな。雄太、お風呂入ろう」

「いやだ、もっと遊ぶ」

「ダメダメ、お風呂に入って、ご飯を食べて、それからもう一回遊びましょ」

奈智は帰宅の途中で喫茶店に入り、美和子の死を仲子に話すべきかどうかを考えた。そして、一切話さないでおこうと決心し、普段と同じように振る舞ったつもりだったのだが、〝妙にいつもより明るい〟と仲子には気づかれていた。

もう一つ決めたことがあった。今日はすべてを忘れて雄太と遊ぼうと決めていた。雄太はお風呂ではしゃいだ。それにつられて、奈智も雄太との水遊びに没頭していった。


「もしもし、仲子お義姉さん」

「康男さん！　久しぶりやね」

「あのね、さっきテレビ見てたらな、城南大学の産婦人科で医療事故があったいうてたけど、お義姉さん、見てはった？」

「……いいえ、テレビは見てませんでしたが……そうですか、医療事故ですか」

思わず口ごもった仲子の顔に不安の色が走る。

「なっちゃん、帰ってないん？」

「たしか……今日は当直や言うてましたよ」

仲子は風呂場のほうを見ながら、受話器に向かってそう答えた。

「当直多いからなあ、産婦人科は。それよりな、一回なっちゃんと会いたいな思おて」

「なにか……」

「前から思おてたんやけど、専門医の試験通ったら、大学病院早よう辞めてな、どこかの楽な病院とか医院とかに勤めるのがええんとちゃうか？　当直とかやめて、外来だけやらしてもろたら雄太君とも遊んでやれるやろ。お産とか手術とか、何かあったら大変やからな。特にお産はこわいで、裁判で一億とか二億とかお金取られるのはほとんどがお産関係やで」

「二億円ですか？」

仲子は仰天した。今度のことでそんなに請求されたら……とても払えない。

「そんなことになったら、どうすればいいんですか？」

「それはね、保険に入っとけばええんやけど、それでも一億円以上は払ってくれへんかもしれんな。私も詳しくは知らんねんけどね」

「今度、ぜひ奈智に会ってやってください。それで、康男さんからも言うてやってください、無理せんようにと」

「そやなあ、なっちゃんに嫌がられるかもしれんけどな、子供もいるんやし、いつまでも大学病院で頑張ることないんや。それじゃ、また電話するわ」

「康男さん、ありがとう……」

電話を切ったあと、〝これは大変なことになるかもしれない〟と伸子は思った。

一方奈智は、伸子の心配にはまったく気づかず、雄太と一緒にいることで、その間は美和子の死を心の隅に押しやっておくことができた。

＊

翌日は外勤の品川南病院で一日を過ごした。病院が違うと空気も違う感じがし、奈智の気持ちは少し前を向いてきた。幸いなことに分娩も手術もなく、外来と通常の病棟業務を終え、夜は、たまたま見つけた医学雑誌の多剤耐性菌についての論文を読むことに時間を使った。美和子の死亡原因に少し関心が出てきたのだった。

午前一時を回った頃、軽い眠気を覚え〝君島先生に言われたように睡眠を取らなければ〟と、ベッドに入ったのだが、なかなか寝つけない。眠らなければと思う意識がいけないのか、かえって頭が冴えてくる。美和子と慎一、それに優美の顔が瞼の奥に浮かんできた。他のことを考えようとすると、今度は手術の情景が襲ってくる。睡眠薬を飲もうかとも思ったが、急患があると困るので、それはできなかった。結局、明け方の一、二時間、浅い眠りが取れただけだった。

次の日、奈智はLDR二号室で矢口と助産師の小山とともに難産の分娩ケアーに当たっていた。患者は初産婦で、陣痛が弱く分娩の進行が遅かったために陣痛促進剤の点滴を受けている。促進剤の力を借りて、分娩の開始から二十時間後に、やっと子宮口が全開大近くまで進んできていた。しかし、ここに来て、二時間ほど前から出ていた軽度の変動一過性徐脈が徐々に高度になりつつあった。陣痛は分娩を進めるために必要な適度な強さだったが、時間がかかっていることもあって、産婦の顔は苦痛に歪んでいる。

「先生、私もうダメです。帝王切開にしてください！」

「川上さん、ここまで頑張ったのだから……もう少しですからね」

「また来た。痛いー！　ヒー！」

小山が産婦にぴったり寄り添って腰をさすり、額の汗を拭き、時々水を飲ませる。奈智と矢口も〝長い時間頑張ってきたのだから、何とか自分で生ませてあげたい〟と思うのだが、問題は胎児の状態である。小山が産婦の体位を変換させ、矢口が酸素マスクを鼻と口にあてがった。

「赤ちゃんにたくさん酸素をあげましょうね」

そうこうしているうちに、小一時間が経過し、変動一過性徐脈が長く深くなってきて、胎児ジストレスと診断すべきパターンを呈し始めた。診察してみると児頭はまだ高い。

「矢口先生、あきらめましょうか？　生まれるまでにはもう少し時間がかかりそうだし」

奈智は産婦に分娩の進行具合と胎児の状態を説明した。

「先生！　切ってください。痛い〜、ヒッヒッフー。お願いします。痛いー、早く切ってください」

産婦は痛みに耐える限界に来ていた。

「アトニン点滴を単味に換えて、手術の準備をしてください」

「グレードA？」

小山が訊いた。

「それほど、急がなくてもいいでしょ。グレードBでやりましょう」

手術部への連絡のために矢口がLDRを飛び出し、小山は産婦を移送する準備を始めた。この時、奈智の脳裏に術野が血の海と化した美和子の帝王切開の情景が呼び覚まされた。６２１号室での血まみれの救命処置の場面がそれに続く。

ダメだ。私にはできない、緊急帝切はできない……

LDRを出てナースステーションに入ると、矢口が手術部に電話をかけたあと、君島と連絡を取っていた。

「矢口先生……私……」

その思いつめた顔を見て、矢口は即座に応えた。

「私から君島先生にお願いしてみます」

飲みこみの早い矢口には奈智の気持ちがすぐ通じた。あまりにも状況が似ている。グレードAとグレードBの違いだけだった。

君島も迷わず指示を出したようだ。電話を切った矢口が言った。

「柊先生は、今日は分娩番をやっていてくれって。井本先生に執刀してもらうようにって！」

「そう、ありがとう。川上さんのことお願いね」

そう言って、奈智は当直室に向かおうとした。

「先生！　今度だけよ。次は自分でやらなきゃ」

背中から声をかけてきたのは小山だった。帝王切開と決めてからの奈智の様子を見ていて、自分でやるつもりなのかと心配していたのだ。

「落ちこんじゃだめよ、誰にでもあること。早く立ち直らなくっちゃ」

奈智は小さく頷いた。自分でも情けなく感じていた。だが、今日は気力が湧いてこない。タイミングも悪かった。睡眠不足は体力だけでなく、思考力も精神力も弱める。君島が聞き入れてくれなければ、病院から逃げ出そうと覚悟を決めていたのだった。

もう一人陣痛の来ている産婦がいたが、すぐにはお産になりそうもない。胎児心拍数もまったく問題ないと引き継ぎを受けていたので、その人は助産師に任せておいても良いと思った。少し休みたかった。

当直室に入った奈智は、ベッドの上で仰向けになった。

こんなことではだめだ、帝王切開ができない産婦人科医になってしまう。次は何としてでも執刀しなければ……でも今はとにかく休みたい……

と思っているうちに、そのまま眠りこんでしまった。

「柊先生、お産ですよ。五号室に来てください」

一時間ほど眠った頃、コールがあった。急いでLDRに行くと、予想外に早く分娩が進んだらしく、胎児の頭が出かかっている。

「伊達さん！　もう少しですよ。頑張って！　そうそう、上手ですよ」

小山が会陰を保護しながら産婦に声をかけていた。

「どう？　エピジオ（会陰切開）入れないで出る？」

「もうちょっとなんだけど、伸びが悪くて……」

小山はなんとかそのまま児頭を出そうと試みたが、この産婦は高齢で会陰が硬い。

「無理みたいだわ。このままだと裂けそう、よっぽど時間をかけないと……」

「じゃ、エピジオ入れましょうか？」

奈智は小山にそう言って産婦の同意を求めた。

「伊達さん、もう頭が三分の一くらい見えているんですが、このままだと会陰が裂けそうなので、切開を入れますよ、いいですか？」

「フーフー、お願いします！　フーフー」

「じゃ、次の陣痛が来たら会陰切開を入れますから、思いきりいきんでね。そしたら生まれますよ」

奈智が局所麻酔を施している間に次の陣痛が来た。

「う〜ん」

産婦は胎児を押し出すために、お腹に渾身の力を込める。手術用の鋏で会陰部に小さな切開が入れられると、胎児の頭は一段と強く、ぐーと押し出てきた。切開創が延長しないように小山がその勢いを押さえ、ゆっくり児頭を娩出させた。

「はーい。もういきまないでね、ハーハーしてください」

「ハー、ハー、ハー」

奈智がガーゼで顔を上から下に拭い、鼻から分泌液を取り除くと、児は顔をしかめ〝元気〟の徴候を示した。小山が会陰を保護しながら肩を引き出し、そのまま全身を娩出させ、若手の助産師が新生児の口にチューブを入れて分泌液を吸引した。

「オギャー、オギャー」

「おめでとう、伊達さん！　元気な女の子ですよ」

小山が大きな声で言う。

「良かったですね！　元気な赤ちゃんですよ」

奈智も産婦に同じ言葉をかけた。臍帯が切断され、小山の手で母親の胸の上に寝かされた新生児は、しばし親子対面の時間を持ったあと、若手の助産師に抱かれてウォーマーの上に運ばれた。全身に付着した羊水や血液が拭い取られ、「オギャー、オギャー」

の声が一段と大きくなる。

奈智が会陰切開の創からの出血をガーゼで押さえている間に、小山が臍帯を軽く引っ張ると胎盤が娩出された。その直後、真っ赤な血液が膣口から噴出してきた。水道の蛇口を大きく開放した時のような勢いだ。

〝弛緩出血〟と瞬時に診断した奈智は、

「メテルギン（子宮収縮薬）静注して」

と叫び、右手を膣の中に挿入して、左手で産婦のお腹の上から子宮の体部を触診した。やはり収縮が悪く軟らかい。その手で子宮筋をマッサージして刺激し、収縮を促した。それから両手で子宮体部を強く圧迫した。その間にも膣に挿入した右手に、流れ出てくる血液の感触が伝わる。

「PGを用意して！　点滴の速度を上げて！」

小山に向かって言ったあと、子宮筋の圧迫を続けながら、震える声で叫んだ。

「輸血も大至急！　FFPも、急いで！」

小山が、きょとんとした目で、奈智の顔を見た。

「先生、本当に輸血オーダーするんですか？　まだ出血量500ｍｌくらいですよ。それにほら、出血、止まってきてるじゃないですか」

左手で触診し直してみると子宮筋の収縮ははっきり良くなってきている。右手を伝わって出てくる出血も少なく、血液は既に凝固して手にこびりつき始めていた。

「そうね、大丈夫みたい。ごめんなさい、あわてちゃって」

細い声で応え、奈智は子宮筋のマッサージと圧迫を続行した。

このケースは引き続き子宮収縮剤の点滴投与を受けたが、弛緩出血は短時間で押さえこまれ、出血量は、会陰切開創の縫合時の分を加えても全部で700mlであった。出血が治まったあと、小山は器具の片づけをしながら、母親となった産婦と授乳や沐浴などの話を交わしたが、奈智は黙って切開創の縫合を行なったのだった。

＊

「柊先生を少し休ませたほうがいいんじゃないかと思いますが」

翌日の午後、君島は医局長の藤木を伴って須佐見教授室を訪れていた。

「う〜ん、やっぱりカイザーが恐いのか？　よほどショックが大きかったんだろう」

「たまたま、昨日のケースは、状況が徳本さんと似てましたからね」

と、藤木が言うと、君島がつけくわえた。

「分娩時の出血も恐いらしいですよ。小山助産師の話ですけど、精神的に参っているみたいだと心配してました」

「何とか早く立ち直らせてやらないと……。でもなあ、休んで家にいても徳本さんのことが頭から離れないだろう。何か他のことに気を向けさせなければいけない。来年には専門医試験もあるし、あまり長引いてはな」

そう言って眉をしかめていた須佐見が、

「婦人科に回すのはどうだ？」

と提案し、二人の顔を交互に見た。

「え！　婦人科ですか？　婦人科もいいですけど……」

藤木が同意を渋った。

「けど、何だ？」

「婦人科は……榎原先生が厳しいですから」

「それがいいんだよ、そのほうが」

須佐見は続ける。

「榎原君に少し厳しくやってもらって、他の事を考える時間がないくらい、婦人科に専念させる。そのほうがいいよ、きっとそのほうが早く立ち直れる」

「わかりました。でも、教授、その前に少し休養期間を与えてはどうですか？」

君島は奈智に休養を取らせてやりたいと思っていた。

「いや、時間があると、人間ろくなことを考えないんだ。彼女の場合は、徳本さんのことを思い出して夜も眠れなくなる。そのうち、産婦人科をやめるとか言い出すかもしれない。私は誰よりも教室員のことを考えているんだから……」

〝心配するな、それでダメなら別の手を考える〟と言いたかったのだろうが、最後の一言は須佐見の口癖のようなものである。

「じゃあ、教授、矢口も一緒に婦人科に回すのはどうですか？」

君島が新たな提案を口にした。

「矢口？　研修医の？」

須佐見は、まだ、矢口の力量や性格などをよく把握していなかった。

「矢口は柊と性格は違いますが、二人は結構いいコンビなんです。それに、矢口は気が利くタイプで、柊の助けになると思います」

君島が答えると、須佐見が訊いた。

「矢口はショックを受けていないのか？」

「それはショックですよ。彼女も眠れない夜を過ごしたでしょう、でも、柊とは責任の意識が違いますよ。矢口は受け持ちといっても一番下の、しかも研修医ですから」

「よし、ではそうしよう。十一月から柊と矢口は婦人科勤務だ」

「教授、ちょっと待ってください」

忘れかけていた大事な問題を藤木が思い出した。

「当直どうしますか？　婦人科勤務でも当直医は分娩もやらなければいけないし、緊急カイザーもありますし」

「う〜ん、当直ね……」

しばらく考えた須佐見が結論を出した。

「よし、柊は当分の間、当直免除だ」

「当分って？　どれくらいですか？」

「柊が元気を取り戻すまでだ」

「教授、その分、同年代の他の連中の当直が増えることになりますので、彼らの意見も聞かなくては……皆の承諾が取れるかどうか……」

人手の足らない中、日頃から医局員の業務日程のやりくりに頭を痛めている医局長にしてみれば、たった一人の当直免除も安直には決められない。しかし、須佐見の結論は変わらなかった。

「それをやるのが、医局長、君の役目だ。皆によく説明して、納得してもらってくれ」

第6章　再起へ

婦人科の病棟勤務は外科と似ていて、手術と術前・術後の患者ケアーが主な業務である。婦人科手術の対象疾患として多いのは子宮や卵巣にできる腫瘍だが、良性と悪性とでは、手術に限らず診療全般の内容が大きく異なる。悪性腫瘍の患者は、手術の他に放射線療法や化学療法などを受けるので、入院期間が長く、そのため、悪性腫瘍が多く集まる病院ではベッドの大半をそれらの患者が占めることになる。

奈智と矢口の受け持ちにも悪性腫瘍が多かった。奈智はこれまでのローテーションで何度か婦人科勤務を経験している。しかし、最初は研修医としてであったし、出張病院では大学病院ほど多くの悪性腫瘍患者を一度に受け持ったことはなかった。今度は婦人科班の中堅としての役割を果たさなければならない。

受け持ちの中には重症で複雑な病状の患者もいれば、治療経過の長い再発患者もいた。そのような患者については、腫瘍の浸潤具合や転移病巣などの現在の状態に加えて、過去の手術所見や施行した化学療法の種類やその効果など、そこに至るまでの治療経過もすべて頭に入れておかなければならない。一度それができてしまえば、あとは新入院患者についてのみ同じことを行なえばすむのだが、受け持ちを引き継いだ直後は大変だった。婦人科勤務についた奈智は、受け持ち患者の現在の病状と過去の治療経過の把握に大半の時間を割いていた。

その矢先、勤務交代の数日後には早くも手術の執刀が回ってきた。奈智たちの年代が執刀するのは主に良性腫瘍で、悪性腫瘍は講師以上が執刀し、中でも難しい症例の手術には教授が入るというのがこの科の通則である。奈智の執刀は、小児の頭くらいもある大きな子宮筋腫の摘出術だった。

平成十五年十一月五日　三号手術室

「メスの持ち方が悪い！」

いきなり榎原の怒声が部屋中に響いた。

「そんなに力を入れて持つんじゃない。もっと軟らかく持て！」

筆にしてもバイオリンの弓にしても、上手な人は軟らかくしなるように把持する。メスも軟らかく持つことで、メス先の微妙な感触が指に伝わり、術者の繊細な意図がメスの先に伝搬されるのだ。

「どこで、そんな持ち方を習ってきた？」

「すみません」

奈智はメスの柄を握り直した。

「ちょっと待て！　どうしてそんなに刃に近いところを持つ？　もっと上を持つんだ」

「はい」

額にはもう汗が滲み出ている。第二助手を務める矢口が心配そうに奈智の顔を覗く。

「そうじゃない！」

また榎原が怒鳴った。

「メスは親指と中指で持つんだ。人差し指と薬指は添えるだけ。小指でバランスを取るんだ」

「はい。すみません」

奈智がもう一度メスを持ち直すと、榎原は、

「最近の若い者はメスの持ち方も正しく習っていないんだ。親が箸の持ち方を教えない時代だからな」

と独り言のように言ったあと、声を大きくした。

「でも君たちはプロだ！　プロの術者になるんだろう？　誰も教えてくれなければ、自分で勉強しろ」

そして、

「柊、換わろう」

言うなり、助手の位置を離れ執刀の位置に回った。

「今日は、助手を務めなさい」

「わかりました」

奈智は小声で答え、うつむいて第一助手の位置に移動したが、榎原の執刀が始まると、目を見開いてそのメス捌きに見入った。さすがに違うと思った。

子宮筋腫の摘出術は、頸部筋腫などの例外を除いて難しい手術ではなく、四〜五年目の婦人科医師なら大抵できる。奈智にも出張病院で数十例の執刀経験があった。ポイントの一つは、子宮筋の正常部分と筋腫との境になる層を見つけだし、その正しい層で剝離を進めることで、この層がほんの十分の数ミリでもずれたら剝離が難しくなり、出血も多くなる。

子宮に切りこんだ榎原のメスはぴたっと正しい層で止まる。出血も少なく、おもしろいようにスムーズに硬い肉の固まりが子宮筋から剝がれてゆき、筋腫はあっというまに摘出された。感じ入って見ていると手の動きがおろそかになる。

「こら、早く結べ！」

「はい」

奈智は、筋腫を摘出した跡の子宮筋に掛けられた縫合糸を結紮《けっさつ》しようとした。

「緩い！　ダメだ、そんなんじゃ。もっと力を入れて！　糸結びの力加減も組織によって違うんだからな。ここは強く縛るんだ、思いきり」

榎原が叱咤する。結紮した糸を切るのは第二助手の役目である。

「長い！　ぴったりと三ミリ残せ！　クーパーの向きが逆だ。どこで習った？　そんな切り方」

矢口にも口うるさく言いながら、自分の手は休めない。縫合糸を通すための針が刺さる位置は浅すぎず深すぎず、理想的な箇所から寸分も違わない。

奈智の額の汗はすっかり引いていて、目が爛々と輝いていた。奈智は榎原の第一助手を務めたのは初めてだった。研修医の時に第二助手として一緒に手術に入ったこともあったが、腕の良し悪しはわからなかった。教授を追い越しているかもしれないと噂される榎原の手術を、その腕が理解できるようになってから初めて見たといってよい。〝この人から手術を習おう……でも、この人は教えてくれない。盗むんだ、あのメスさばきを〟と思っているうちに手術は終了した。

「柊！　東城大学の坂上先生の書かれた〝婦人科手術の基本手技〟という教科書があるだろう。次の執刀までにそれを全部読んで、完全にマスターしろ。いや、それができたと思ったら、私に言ってくれ。そしたら、次の執刀のチャンスを与えるから」

そう言い残して、榎原は大股な足取りで手術室を出ていった。


「矢口先生、坂上先生の本持ってる？」

「私、この前買ったところです。婦人科に回るって聞いたから大急ぎで買ったんです」

「それ貸してくれない？」

「私も読みたいんですけど」

「私は今晩読みたいのよ。今日、これから買いにいく時間ないでしょ？　あなたはまだいいじゃないの、急がなくても。土曜日に新しいのを買って返すから」

奈智の目の色が変わっていることに気がついた矢口は、

「わかりました、先生。ロッカーに入れてありますから、あとで差し上げます。新しいの、早く買って返してくださいよ」

と言わざるを得なかった。

「でも、やっぱり違うんだと思ったわ。私は筋腫摘出術はできると思っていたんだけどね」

「先生にだって出来ますよ、ちょっと切れ味が違うだけですよ」

「矢口先生、本当にその差がどこかわかるの？」

「本当のところはわかりませんけど……榎原先生は上手そうに見えますね」

「お二人さん、そこで何をひそひそやってるんですか？　患者さん、麻酔さめましたよ」

麻酔医の声が飛んで、二人はあわてて術後患者の搬出準備にかかった。

＊

平成十五年十一月十二日　病棟カンファランスルーム

水曜日は、入院患者の治療方針などについて、婦人科班のメンバーによるミーティングが行なわれる。

カルテの積まれたテーブルを囲んで、医師たちが思い思いの席に着いた。

「相川さんの腹痛の原因は何だ？」

正面にどかっと座った榎原が訊く。

「イレウス（腸閉塞）だと思います」

立ちあがった奈智が榎原の隣に進んでカルテを広げた。

「イレウス？　吐いているのか？」

「はい、嘔吐もあります。腹部の単純撮影（レントゲン写真）で腸管の拡張とニボーが見られます。マーゲンチューブ（胃管）を入れようかと思っているところです」

「で、イレウスの原因は？」

「腫瘍の腹腔内再発ではないかと」

「CTは撮ったのか？」

「今日オーダーしましたが、枠がいっぱいで、撮れるのは明日になります」

「パラアオルタ（大動脈の周囲）のリンパ節はどうなった？」

「リンパ節ですか？」

「何言ってるんだ！　この人、初回のオペでパラアオルタのリンパ節が膨れていて、取れなかったんだ。そんなことも把握していないのか？」

〝呆れた〟という顔で榎原は奈智を見上げた。

相川は子宮内膜癌で、初回の手術は榎原が担当した。右の大動脈リンパ節が腎静脈の高さで大きく腫張していて、榎原はその摘出を試みたのだが、下大静脈からの剝離が困難で断念した。しかし、術後化学療法の効果が期待に反して悪いことから、今になって、あの時何としても取っておくべきだったと後悔していて、相川の容態を気にかけながら、転移リンパ節摘出のための再手術のタイミングを計っていた。その頭があったので、数日前から出現した腹痛の原因は腹腔内再発ではなく、取り残したリンパ節が腫大して裏から腸を圧迫しているのではないかと心配していたのだ。

「相川さんの初回オペはいつだ？　術式は？　その後化学療法は何をやった？」

続けて質問を浴びせられたが、奈智は答えられない。

「患者さんのこれまでの経過は全部頭に入れておけと言っただろう！」

「はい……すみません」

奈智はこの頃、手術の基本手技の再学習に熱中していたので、受け持ち患者の全経過を把握する努力は一時中断していた。

「いいか、患者さんの今の病状にだけ目を奪われていてはダメだ。これまでの経過が大切なんだ。それがわかっていないと判断を誤る！」

奈智のみでなく、若手医師には耳の痛い指摘だ。容易にできることではないが、やらなければ受け持ち医として失格である。

「それで、今、抗癌剤は何を使っているんだ？」

「TJのウィークリー投与です」

「ウィークリー？　なぜ、ウィークリーに変えたんだ？」

「赤坂先生が、そうしようって言われて……」

赤坂憲広《あかさかのりひろ》は奈智と同班で、上司にあたる十年目の医師だが、今日は外勤でいない。

「ウィークリーとトリウィークリーでどう違う？」

「……」

「柊！　君は上から言われたら、何も考えずにそのとおりやるだけか？　それならイヌでも出来る。投与法を変更する時、その意味を、つまり、それぞれにどういう特徴があって、なぜ相川さんにはウィークリーが良いのかを考えなかったのか？」

「すみません」

これまで産科勤務が長かった奈智は、産科については新しい知識を持っていたが、婦人科の知識、とりわけ癌の化学療法に関する知識は遅れていた。

「柊、今週中にTJ療法のウィークリーとトリウィークリーの違いについてまとめたレポートを提出するように」

そう指示を出すと、榎原は相川のカルテをテーブルの端に積みあげた。

「じゃ、この患者さんは明日のCTの結果で今後の方針を決めるとして、次にいこう。

月曜日の手術だ」

今度は林のカルテを開きながら、金塚知憲《かねづかとものり》のほうに目を向けた。

「はい、林さんは、一昨日、子宮内膜症で両側のチョコレート嚢腫《のうしゅ》（古い血液のたまった嚢腫）を摘出しました」

「それはわかっている。何でこんなに出血したんだ」

「左の嚢腫がダグラス窩《か》（子宮裏側のいちばん奥の部分）から子宮の側方に癒着していまして、それを剝離する時、静脈を損傷し……」

そこまで聞いて、榎原が怒り出した。

「いつも言っているだろう！　子宮の側方には注意しろって。君は、この前も似たようなミスをやったな。ちゃんと反省しているのか？　それと……この手術の責任者は誰だ？　どういう教え方をしてたんだ？」

榎原の厳しい指導はこのあとも延々と続いたが、奈智には別班の症例を聞いている余裕などなかった。通常の業務以外に、大至急やらなければいけない仕事が三つに増えたのだ。

＊

奈智を榎原に預けた須佐見の策は功を奏した。奈智は婦人科の業務と婦人科学の勉強に没頭し、毎日が飛ぶように過ぎていった。〝早く立ち直るためには仕事に集中することだ〟との君島の言葉を素直に信じた性格が、須佐見たちの意図に沿う結果をもたらしたといえるだろう。

当直の免除はありがたかった。藤木医局長が、教授との会談のあと、中堅の医局員を集めて奈智の当直免除について同意を求めた時、反対したのは井本一人だった。井本は外勤病院の関係で当直が多く、その回数がさらに増えることを嫌がったのもあるが、〝柊はしっかりしていて、当直もやれる〟と主張したのだ。グレードAカイザーの翌日に手術を終えた奈智に会った時の印象が抜けず、精神的には自分より強いと感じていたのだった。しかし、その主張は多数の意見に押し切られ、須佐見の案が実行に移されたのである。

産婦人科は当直が最も多い科で、医局員の皆がその過酷なデューティーの軽減を願っている。そんな状況での今回の処遇は異例中の異例といえた。品川南病院の当直は奈智にとって大きな負担ではなかった。分娩はあっても、ほとんどがローリスクで、実際、この間、特に問題となる症例には遭遇していない。

奈智の帰宅は毎日遅く、雄太が寝ついたあとだった。伸子との会話も少なく、あってもお互い喉に何か支《つか》えているふうだった。伸子にはその後も美和子のことを話していないだけに、話題に気をつかい、その意識からか、伸子と話すと美和子の死を思い出してしまう。この点では、周囲の者が状況をよく知っていて、同情も寄せ励ましてもくれる病院のほうが居心地がよかった。どんなに詳しく説明しても、伸子に実情を理解させることはできなかったであろうし、奈智にもそれがわかっていた。伸子には、〝勤務交代の当初は当直がない〟ことにしておいて、〝新しく学ぶべき事がたくさんあって忙しい〟と、それだけを強調する日々がしばらく続いた。伸子も美和子のことは一切口に出さず、ただただ〝気をつけるように、無理しないように〟を繰り返した。

奈智はTJ療法に関するレポートも提出した。経過の長い受け持ち患者の既往治療や現在の病状も、重要な事項は空で言えるまで頭に詰めこんだ。手術の基本手技の本は何度も読み返し、手術室から器具を借り出しては、握り方、動かし方を手に覚えさせ、厚手の布に針を通し、糸を結ぶ練習を重ねた。それは研修医時代にもやったことではあったが、やさしい部類の手術とはいえ、四年間の執刀経験を積んでからあらためて自らに課した基本手技の修練は、手術に対する新鮮な気持ちを呼び起こしてくれた。〝今のほうが身につく〟と感じながら、これまでとりとめて注意もせず、何気なく行なってきた手技の一つ一つを見直すことで、手術の腕が一段上がったような気にもなった。

十二月半ばには、来年早々にも榎原から執刀の許可を得ようかと思い始めていたのだった。

平成十五年十二月十六日　中央棟会議室

そこには、嶋病院長、須佐見産婦人科教授、君島産科病棟医長、岸本事務長の病院側の四人と、遺族側からは美和子の義弟、徳本健二と、二人の弁護士、横井賢三《よこいけんぞう》と川辺学《かわべまなぶ》、の三人が揃い、会議テーブルの左右にそれぞれ席を取っていた。夫の慎一は美和子が亡くなったショックから立ち直れず、未だに会社を休んで家に籠《こも》っていて、この説明会には患者遺族を代表して健二が出席していた。

岸本が短く会の趣旨を話し、それぞれを紹介しあったあと、年配の横井弁護士がまず辞令を述べた。

「本日は、お忙しい院長先生までご出席くださり、亡くなられた徳本美和子さんの経過についての説明会を開いていただき、ありがとうございます」

応えて嶋が発言した。

「徳本美和子様には、本当に残念な結果になってしまい、私ども関係者も深く心を痛めているところであります。このような結果に至った原因とそれまでの経過につきまして、現場の責任者であります君島病棟医長から説明させていただきます」

君島は美和子の経過の概略を記した三枚綴りのコピー紙を全員に配った。

「プリントに順《したが》って説明いたします。徳本さんは、平成十五年十月十三日、妊娠三十八週三日、破水に引き続いて陣痛が始まり、午後十時十五分に来院されました。入院後、陣痛は徐々に強くなりまして、子宮口が五センチ程度開大するまで分娩は順調に進行しました。しかし、翌朝午前二時過ぎ頃から胎児の心拍数に異常なパターンが出現し始め、三十分くらいの間にそのパターンが急激に悪化しまして、胎児ジストレスと診断すべき状態になりました。その後、徐脈になった胎児心拍数が何分間も回復しないという非常に悪いパターンになってしまいましたので、大急ぎで帝王切開を行ないました。私たちは、非常に急ぐ場合の帝王切開を〝グレードAカイザー〟と呼んでいますが、徳本さんはそれが必要な状況でしたので、二十分以内の胎児の娩出を目指してグレードAカイザーを実行しました。関係者が手際よく準備をしてくれたおかげで、手術を決定してから十六分後に赤ちゃんを娩出させることが出来ました。手術決定が午前三時十二分、赤ちゃんが生まれたのは三時二十八分でした。赤ちゃんは胎児心拍数パターンから予想されたよりは良い状態で生まれ、軽度の新生児仮死はありましたが、ただちに新生児専門医が蘇生処置を行ない元気になりました。

一方、お母さんのほうは、この帝王切開の時、出血が多く、手術中に循環不全に陥りました。幸い、輸血が間に合い、一度は元気になられました。ところが、手術中に、DICという出血しやすい病気が併発し、その治療がうまくいかなかったためではないかと思われますが……術後三日目の十月十六日の夜、お腹の中に出血しました。そこで、同日、その原因を調べることも兼ねまして、お腹にたまった血液と血腫……血の固まりのことを言いますが、それらを除去する手術を行ないました。その時も、輸血と、血液を固めるために必要な蛋白質などを含んだFFPという血漿成分の輸液を行ないました。その後、しばらくは出血もなく落ち着いていたのですが、三日後の十月十九日にまたお腹の中に出血が起こりました。この出血の原因については今もはっきりわかっていませんが、一回目と同じように、お腹にたまった血液が固まって血腫を作り、そこに感染が起こりましたので、血腫を除去するために三度目の手術を行ないました。その少し前から、徳本さんは熱が出ていまして、もちろん、感染の予防として抗菌薬は投与していたのですが……その種類についても充分検討して使用していたのですが、起因菌が判明する前に、徳本さんは敗血症になり、エンドトキシンという菌から出る毒素によって身体中の臓器が障害される状態に陥りました。肝臓や腎臓の働きが急に悪くなって、呼吸の状態もおかしくなると同時に、また出血傾向がひどくなって……本当に……最悪の事態となりました。肺からも多量に出血し、酸素を送りこんでもそれが身体に入っていかない状態となってしまい……十月二十一日午前十一時三十二分、永眠されました」

ここまで休まずに話すと、君島は溜めた息を大きく吐いた。そんなことを気にもかけず、話を聞き終えるや否や、若い弁護士の川辺が質問の口火を切った。

「菌の種類は何だったんですか？　培養検査の結果を教えてください」

君島には次の息をつく間もなかった。

「多剤耐性緑膿菌でした」

「それは院内感染で問題になっている菌でしょう？　抗生物質の乱用で発生している菌じゃないんですか」

「私たちは抗菌薬の乱用はしていません。徳本さんは前期破水で入院され、妊婦健診で膣内にB群溶連菌が検出されていましたので、分娩中に赤ちゃんに感染することを防止する目的で、その菌に効くビクシリンという薬を点滴しました。グレードAカイザーでは、とにかく大急ぎで手術準備を行ないます。通常の帝王切開とは違って感染のリスクが高いものですから、術後は、多くの菌に有効性の高いセフォタックスに変更しました。三回目の手術の頃には熱が出ていましたので、それらの普通の薬が効かないメチシリン耐性ブドウ球菌（MRSA）の感染を疑い、それに効くバンコマイシンという薬と、さらにその他の菌の可能性も考慮してチエナムという薬を併用しました。このような抗菌薬の使い方は乱用ではありません。あとからわかったことですが、徳本さんに感染した緑膿菌はペントシリンとアミカシンという二つの薬以外には抵抗力を持っていたんです。私たちの選択した薬が当たっていなかったのが残念です」

君島が息をととのえるのを待って、横井が質問を継いだ。

「MRSAにしても、多剤耐性緑膿菌にしても、院内感染が問題となっているこの時期ですから、病院としても予防対策を講じておられたんでしょうね」

それには嶋が応えた。

「もちろんです。当院では、昭和六十二年より院内感染防止対策委員会を設置し、病院でそれらの菌が出た時の報告制度、感染への対応、蔓延《まんえん》させない対策など、十二分に策を講じています」

「それでも院内感染は起こるんですよ、重症の患者さんが多くいる病院では」

それまで黙っていた須佐見が突然割りこんできた。

「ですから、大病院ほど、そういう感染には注意しなければいけないのではないんですか？」

川辺が追及する。

「注意？　じゃ、具体的にどういう注意をしろと言うんだ？」

須佐見の顔が紅潮してきたのを見て、嶋が意識的にゆっくりと、丁寧な口調で言った。

「私どもといたしましては、平素より院内感染には充分注意をして入院患者さんの治療にあたっております。特に、大きな手術のあとや、全身状態の悪化した患者さんや、お年寄りの患者さんには細心の注意を払っております」

「わかりました」

そう応えた横井が話を移した。

「次にお伺いしたいのは、術後出血の原因についてです。先ほどの病棟医長先生のご説明では……私たちには理解出来ないところがあります」

君島は、明確に答えられないことを、自分でももどかしく思いながら返答した。

「徳本さんの術後出血の原因につきましては……私たちにも完全に解明できてはいません。さっきは、一回目の術後出血はＤＩＣの治療がうまくいっていなかったためかと思う、と言いましたが、これも血液検査のデータからは明瞭な証拠がないんです。状況から考えてそうではないかと思っていますが、断定は出来ません。二回目の出血の原因についてはまったくわかっていません。もちろん、血液の病気も疑って、凝固因子の詳しいかなかった。いくつかの検査を受けたが、血栓を起こしやすい病態がないかどうかなど、かなり細かい検査も行ないましたが、結果はすべて正常でした」

「なかなか難しいものなんですね。しかし、まずその……DICの治療がうまくいかないというのは……それはどういう意味ですか？」

横井が訊いた。

「DICというのは、何かの原因で血液が固まりやすくなって、本来固まってはいけない毛細血管の中などで固まってしまい、そこで血小板や凝固因子を消耗するために、それらの血中濃度が低下して、血を固まらせなければいけない創の部分などで止血機序が充分に働かなくなる病態です。また、血管の中で血液が固まってしまうために、その先に血が流れにくくなって、重要な臓器の機能障害を起こすこともあります。従って、治療としましては、不足した血小板と凝固因子を補充して創からの出血を止めながら、血を固まりにくくする抗凝固薬を使うのですが、血管内では血液が固まらず、必要なところでだけ血液が固まる程度に凝固作用を抑える調節が難しいのです。ですから、手術などで大きな創のあるケースでは、抗凝固薬の使用により、創からの出血が増えたり、身体の中に血腫が出来たりすることはよくあることなのです。そこで徳本さんには、血管内での凝固は抑え、創からはあまり出血させない、という長所を持つ、最近開発されたオルガランという薬を使ったのですが……」

「ちょっと待ってください」

川辺が口を挟んだ。

「こんな大事な症例で新しい薬を試したのですか？」

「試したわけではありません。オルガランという薬は外国ではよく使われていて、大変評判の良い薬です」

「でも、日本ではどうなんですか？　だいたい保険の適応になっているんですか？」

「平成十二年から保険適応になっています。たしかに、日本ではまだあまり使われていないと思いますが、私たちは術後の血栓予防にも使っています。ただDICに対しては前に一度使ったのみで、今回が二回目です。前の時は、同じ量でうまくいき、何の問題もありませんでした」

君島の答えに満足せず、川辺は食い下がる。

「なぜ、普段使い慣れた薬を使わないんですか？　こんな大事な症例に。外国ではともかく、日本人では最適の用量とかも違うでしょう？」

その時、須佐見がいかにも〝心外だ〟という顔つきを見せた。質問というより、最初から病院側に非がある、と決めてかかっているような川辺の話し方も気に障っていた。

「大事な症例？　我々には大事でない症例などはない！　いままでの薬では、このようなケースで術後に血腫が出来ることが多かったので、そういう副作用が少ないと言われている、新しい、より良い薬を選択したんだ。大学病院でやらなければどこでやる？いつまでも古い薬を使い続けるのか？」

須佐見は声を大きくすると同時に身を乗り出しそうになったが、嶋にたしなめられ、座り直した。

その間も出血のことを考えていた横井が質問を再開した。

「ところで、私は産科の医療事故訴訟をたくさん手がけていますので、ＤＩＣの事は勉強して少しは知っているつもりなんですが、ＤＩＣは常位胎盤早期剝離とか羊水塞栓《そくせん》とか産科の重篤な疾患に併発するものと理解していました。このケースはなぜＤＩＣになったのですか？」

「帝王切開の手術中に出血が多かったからだと思います。分娩の時の大量出血でもＤＩＣになりますから」

君島が答えると、横井の目つきが鋭くなった。

「プリントに４５００ｍｌ出血したと書いてありますが、出血がそんなに多くなった理由は何ですか？」

君島が返答する前に、須佐見が声を出した。

「帝王切開という手術は、出血が多くなるとすぐ２０００mlや３０００mlぐらい出るんだよ」

「４５００mlでしょう？」

横井が訊き直すと、川辺が、

「何が原因でそれほどの大出血になったのか、ミーティングとかで検討しないんですか？」

と、君島に視線を向けた。

「左側の子宮動脈の下行枝が断裂したのです」

「そこが切れるとそんなに出血するんですか？」

「出血が多くなると、どこから出血しているのかわからなくなるんです。出血点が見つかるまでに時間がかかって、その後ＤＩＣを併発して、トータルで４５００mlになってしまいました」

それを聞いて、横井が呟くように言った。

「病棟医長先生のようなベテランの先生でも、出血点がわからないことがあるんですね？」

「君島君がやったのではない。五年目の医師が執刀したのだ」

須佐見のこの発言に、また川辺が文句をつける。

「グレードAカイザーというのは超緊急手術でしょ？　なぜもっと熟練した医師がやらないんですか？」

「この手術は朝の三時だよ。予定していたわけでもない。問題ないと思っていた胎児の状態が急に悪化したんだ。君島君は運悪く、救急外来で他の患者の診察にあたっていたんだ」

話を聞きながら出席者の顔を見渡して、横井が言った。

「手術を担当した先生、今日はいらしていないんですね」

それを聞いて、須佐見は、本来の自分の出番が来たとばかりに、発言に重みを持たせる口ぶりで応えた。

「私たちはチームで診療を行なっているんです。診療の結果に対する責任は受け持ちチームの長、つまり、徳本さんのケースでは君島君が負い、そして、最終的な責任は科長である私が取ります」

美和子の経過は君島がすべて把握している。須佐見は〝文句があるなら自分に言え〟の一言のためにこの会合に出席していたようなものだった。奈智には何も伝えていない。

説明会が始まって二時間経過した。一同に目を配りながら、事務長の岸本が「そろそろ終わりに」と言いたげに、会話を記録していた録音機をオフにすると、横井が、

「本日は長い時間どうもありがとうございました。私たちのほうでも、疑問点を整理しておきますので、もう一度説明会を開いていただけますか？」

と持ちかけた。それに対し嶋が、

「もちろんです。納得がいかれるまで何回でもやりましょう」

と答えた時、

「最後にもう一つだけ……聞き逃したことがあるのですが、徳本さんの胎児ジストレスの原因は何だったんですか？　前期破水で陣痛促進剤を使っていたんではないんですか？」

と川辺が言い出したので、岸本があわてて録音機のスイッチを入れた。

「このケースでは陣痛促進剤は使っておりません、自然に陣痛が強くなってきましたから。胎児ジストレスの原因は臍帯の卵膜付着です」

君島が答えたが、川辺は質問をやめなかった。

「そういう異常は妊娠中にわからないのですか？　検査とかやってないんですか？」

「徳本さんは、途中まで近くの病院で健診を受けていて、こちらに来たのは妊娠十ヵ月に入ってからで、その時期では、臍帯の付着位置は診断できないケースも多いのです」

「なぜ十ヵ月だとわからないんですか？　超音波診断の専門家もいるんでしょう？」

「川辺君！　今日はこれくらいにして……次の説明会の時に整理して質問させてもらうことにしよう」

横井が質疑をとめると、川辺は、「それでは、今日はこれで質問をやめますが」と言ったあと、目で横井から了承を得て、

「徳本美和子さんのカルテの開示を請求させていただきます。本日書類を提出しますので、手続きを取ってください」

と、宣言するような調子で告げた。嶋がうなずくのを見て、横井は健二のほうに目を移し、尋ねた。

「徳本さん、最後にあなたから何か質問はありませんか？」

この会が持たれたのは、美和子の死亡後、仕事も手につかず放心状態に陥っている実兄の慎一を見かねた健二が、知人の勧めで横井法律事務所を訪ねたことからであった。

健二には質疑応答の細かい内容やその意味は理解できなかったが、遺族代表として言いたいことがあった。

「美和子義姉さんが可哀相だ。三回も手術をして苦しんだあげく、院内感染で死亡するなんて……今時、お産で死ぬなんてことが何で起こるんだ？　兄貴はまだ立ち直れない。優美と勇太は母無し子になってしまった。誰が育てるんだ……いったい誰の責任なんだ！」

苦渋に怒りを交えた表情で言い終えると、健二は両肘をテーブルにつき、手で顔を覆った。

須佐見の顔が神妙になった。少しして、胸の奥から思いを搾り出して言葉にした。

「受け持ち医は皆よくやったと思います。徳本さんと一緒に病との闘いに全力を尽くしました。ただ力が及ばず、こんな残念な……不幸な結果になってしまい、私たちも口惜しい思いは一緒です。教室の者全員がこの不幸を悲しみ、無念の涙を呑みました……。本当に……本当に残念です」

＊

年が明けて、奈智は榎原に執刀再開を申し出た。

「よし、では来週の中村さん、柊が執刀だ」

平成十六年一月十四日　六号手術室

「手術を始めます。よろしくお願いします」

麻酔医と看護師に頭を下げて、奈智はメスを握った。前立ちの榎原は何も言葉を発しない。

患者は良性の卵巣腫瘍だった。良性卵巣腫瘍の摘出術は、婦人科の中の最も初歩的な手術で、矢口が年末に、奈智が四年前に初執刀を行なった術式である。この手術は、近年、腹腔鏡を用いて行なわれることが多くなったが、ちょうどこの時期、内視鏡手術の事故がいくつか重なり、それがマスコミに取り上げられ盛んに報道されていたため、患者は腹腔鏡手術ではなく通常の開腹手術を選んだ。

第二助手の矢口が心配そうに奈智を見る。奈智は緊張もしていたが、自分で納得がいくまで基本手技の修練を積んだその成果を試したい気持ちで、むしろ心を昂《たか》ぶらせていた。

下腹部に約十センチの横切開を入れた。真皮の部分だけをメスで切り、その下の脂肪層は持ち換えた電気メスで切り進んだ。前立ちからはまったく声が聞かれない。脂肪層を切り終え、筋膜の切開に入る時に、初めて榎原が口を開いた。

「そこは一気に切るな。下の筋肉を傷つけないように小さな穴を空けて……そう、私がペアン（組織を挟む器具）を入れて筋膜を持ちあげるから、その間を切るんだ」

奈智は言われたとおりに筋膜を切断し、左右の腹直筋を手で別けようとした。

「だめだ！　筋肉の下に手を入れちゃ、下の血管を傷つけるだろう！　誰がそんなやりかたを教えたんだ……そう、手を下に入れないで丁寧に別けるんだ」

「はい」

奈智の額には汗が浮かんでいるが、声はしっかりしている。

「看護師さん、柊先生の汗、拭いてください」

矢口が気を利かして言うと、外回りの看護師が額の汗をガーゼで拭ってくれた。

「ありがとう」

落ち着いて応え、奈智は再び手術を進めた。腹膜を切開し、腹腔内に入ると大きな卵巣腫瘍が見えた。この腫瘍を正常の卵巣組織から剝ぎ取って切り離し摘出するのだが、最初に腫瘍の表面を覆う漿膜に薄い切り口を入れなければならない。

「榎原先生、どこに切開を入れますか？」

「どこ？　何を言ってるんだ。それを自分で決めないでどうする？　卵巣の実質がどの部分まであるかよく見て、自分で判断するんだ」

「はい、ここでいいですか？」

「もっと根元のほうでいい。そんな紙みたいな膜を残しても意味がないだろう。働きがありそうな卵巣の組織を残せばいいんだ」

「この辺ですか？」

「よし、そこでいい。破るなよ、内容液が漏れたら術後の腹痛の原因になるからな」

この腫瘍は類皮嚢胞腫といい、内部に髪の毛や皮脂が詰まっていて、それが腹腔内に漏れると腹膜を刺激し、疼痛を誘発する。もしも漏れた場合は生理食塩水で洗浄すればよいのだが、榎原は厳しい。

奈智は腫瘍の漿膜に小さな切り口を入れたあと、筋膜の切開の時と同じように、その下にペアンを入れ、間をクーパーで切断していった。細心の注意を払いつつ丁寧な操作を繰り返し、腫瘍を破ることなく摘出することができた。卵巣の切断面の縫合の時にも榎原からいくつか注意を与えられたが、閉腹に際しては一言の苦言も受けなかった。

「ありがとうございました」

関係者に手術の終了を告げると、榎原は、

「次はＡＴＨだ」

と言って術衣を脱ぎ、さっさと手術室を出ていった。

ＡＴＨとは腹式子宮全摘出術のことで、少し難度の高い術式である。今日の手術に合格点をもらったことは間違いない。

矢口がマスクの奥で口許を緩めた。

「先生、やっぱり上手いですね」

「そんなことないわよ」

「この間の私とは全然違う」

「当たり前でしょ。私、この手術、もう何十例もやっているのよ。でも今日は特別ね。いつもより肩が凝っちゃった」

「榎原先生と手術すると、皆そう言ってますよ」

「でも、こういう事がないと気合い入れて勉強しないんだよね。慣れっこになっちゃって」

「私も気合い入れて助手を務めましたよ。肩凝っちゃいました」

「肩に力入れすぎよね、二人とも。肩の力を抜いて、メスはやわらかく持たなきゃね」

二人の会話が弾んだ。手術時間は一時間足らずだったが、奈智は長い手術をした時のような疲労を感じていた。しかし、心は努力の成果が実った達成感で満たされている。

この手術のあと、榎原の進言で、奈智は二月から当直業務も再開することが決まった。ただし、当分の間、上の当直医としては君島が泊まることになった。

＊

平成十六年一月二十三日　理事長室

二時間ほど前に、美和子の経過についての第二回目の説明会が行なわれた。遺族側は代理人として横井と川辺が、病院側は須佐見と君島と岸本が出席した。質疑の内容は第一回説明会の域を越えるものではなかったが、会の終わりに〝遺族に対してどう誠意を見せるのか？〟と下駄を預けられた須佐見が理事長室に駆けこんだのだった。気の短い須佐見は、嶋院長が外出中と聞き、アポイントも取らずに部屋に押しかけたのだ。

学校法人城南大学理事会の長である小山内章《おさないあきら》には、積極性と行動力があった。学生教育では、文武両道を旨としてクラブ活動を奨励し、また、低学年から臨床現場を体験させ勉学意欲の高揚に努めた。質の高い学生の入学を促進するため、医師国家試験の合格率の向上にも力を入れた。病院運営では、就任直後より医療安全への対策強化を病院長に指示し、医療事故の少ない病院作りを目標の一つに掲げている。須佐見には嶋とともに頼れる人物の一人である。

「嶋院長は何と言っているの？」

小山内の話しぶりは相応の威厳を感じさせるが、決して横柄ではない。

「院長とは、この件についての話し合いはしていますが……誠意を見せろと言われたのは今日が初めてで、私としましては、この件で謝罪して金銭を払えと言われても、応じるわけにはいきません」

須佐見は既に興奮気味である。

「須佐見先生は変わらないね、氷の上と同じだ。そう結論を急がないで、慎重に考えないと」

小山内からみると、須佐見は医学部教授会の多くのメンバーの一人に過ぎないが、アイスホッケー部の後輩という別の関係にもあった。

「でも、理事長、お話ししたように、このケースはミスではないんです。受け持ちはよくやったと思います。皆、全力をつくしました」

「現場の皆さんが頑張っていることは百も承知だよ。でもね、この件はそういう問題ではない。出産で母体が死亡したという事実を厳粛に受け止める必要がある」

「結果がすべてなら、産婦人科医療はやってゆけませんよ。母体死亡は、最善をつくしても防げないケースがまだ少なからずあるんです」

須佐見が力説した。

「私も医師だ。それは理解しているつもりだ。しかしな……」

小山内は基礎医学を専門としているが、臨床医学の知識も持っている。

「須佐見先生、さっき、最初の手術を担当したのが五年目の医師で、その時出血が多かったと言ったね。患者さん側はそのことを問題にしているのではないのかね？」

「いいえ、それは問題とされるようなことではないと思います。五年目になれば帝王切開は一人でやれる力を持ってます。柊君も手術は下手なほうではありませんし……帝王切開での大量出血はよくあることなのです」

「じゃあ、相手側は何を問題にしているんだね」

「だから、問題になることは何もないんです。ただ、母体死亡というのは本当に悲惨で、家族にとってみればこんな悲しいことはありません。ミスがあったかどうかにかかわらず、そのやり場のない悲しみの鉾先を医療提供者側に向けざるを得ないのです。他に持っていくところがありませんし、社会として遺族を支える制度がない現状ですから」

「いや……この件、最後は手術での出血多量が問題になると思うがね」

「私がすべての帝王切開を執刀するわけにはいかないでしょう。病棟医長が毎日当直することもできないし」

「そんなことを言っているんじゃない！」

「理事長！　大学病院はまだいいんですよ。三人も当直していて、その中にベテランが必ず一人いますから。一般の病院は二年目、三年目の医師が一人で当直しているんですよ。もし、今回のケース、一般の病院で起こったら、あんなに早く帝王切開はできません。〝医長先生を呼び出して〟とか言っている間に胎児が死亡しています。でなければ、重症の仮死で生まれて、後遺症が残って……それが問題にされる。現在の日本の産科医療はそういう状況なんです」

須佐見の言葉に熱がこもってきた。

「周産期医療は、夜中に分娩や手術があるので大変なんです。若手医師の当直回数も多い。帝王切開は日本で年間二十万件近くやられています。それをすべて超ベテランの優秀な医師だけがやっているわけじゃないんです。柊君のような年代の若手医師が……彼らが日本の周産期医療を支えているんです。眠い目をこすりながら昼夜頑張っているんですよ」

「わかったよ、須佐見先生。では、その〝誠意〟をどう見せればいいと思うのかね？」

須佐見は何も考えていなかったのだが、

「示談はいやです、謝罪も拒否します。間違った医療は何もしていないのに、なぜ謝罪するんですか？」

と言い放った。

「それじゃ、訴訟になるな。患者さんの遺族にはもう弁護士がついているんだし」

「理事長！　私は、今、医師は萎縮しすぎだと思います。この間、城北大学が羊水塞栓で死亡したケースを示談にした話があったでしょう？　それじゃいけないと思いますよ。羊水塞栓は非常に死亡率の高い疾患ですから……患者さんが亡くなったからといってお金を払うのは間違いです。マスコミに騒がれるより、お金で解決したほうがいいと思ったのでしょうが……。最近、何か問題が起こったら、そうして示談ですませてしまおうとするケースが増えていますが、私は正しいことではないと思っています」

須佐見は迷いのかけらも見せずそう言うと、さらに続けた。

「医療事故をそんなやりかたで解決しても、事故の原因解明にはつながらないし、事故の背景にある問題などは何も浮き彫りにならないでしょう？」

「確かに、それはそうだ」

「それに、こちらが悪いと思っていないのに、形だけ謝罪するというのはどういうことですか？　逆に相手に失礼じゃないですか？」

須佐見の理屈に筋は通っている。

「その点は、君の言うとおりだ。しかし、訴訟となって勝ち目はあるのか？」

「それは……」

「最近は、裁判になるとなかなか勝てないそうじゃないか？　特に母体死亡となると原因の如何を問わず、勝訴は難しいだろう。訴訟となって敗訴した場合は大きく報道される。それは大学にとって明らかにマイナスだよ。こちらが勝てば何も報道されないがね」

美和子の死亡を、須佐見は診療現場の医師の目から捉えていたのだが、小山内は城南大学の最高責任者として考えていた。誰よりも大学全体を視野に入れての決断を下せる人物である。

「須佐見先生、この件は、現場の医師の面子《めんつ》や一つの科だけの問題ではない。城南大学病院全体に波及する。ここは……こちらも弁護士を立てて示談の交渉に当たることにしよう。君の気持ちはよくわかるがね。謝罪はしなくてもいい。君の言うとおりだ。しかし、遺族に対して、何らかの補償は必要だろう」

「理事長！　私は医師の面子で言っているのではありません」

須佐見は承知しない。

「この件は医療の本質に関わる問題なんです。病院のためには示談にするのが良いことはわかっています。でも、このケースはこちらに非がないんです。子宮動脈下行枝の断裂による大量出血、あれはミスではないんです。手術に伴う合併症のひとつで、ある頻度で起こるものなんです。若い医師や経験の少ない医師が手術をやれば発生頻度が高くなる、そういう類《たぐい》の合併症なんです。そういうのをミスと言われて責められたら、外科系の医師はやってゆけません」

須佐見はあとに引かなかった。手術の結果に問題が生じた際、執刀医師にその責任を帰そうとする最近の趨勢には以前から不満を抱いていた。事故の背景や現場の実情を考慮せず、結果だけをみて個人に非難を浴びせる近頃のマスコミなどの風潮に対しては憤りすら感じていた。たとえ手術での大量出血が美和子の死に関連があったとしても、その背景を考えれば、とても奈智を咎めることはできないと思っていた。相手が理事長といえども、この点だけは譲れなかった。

「理事長、もう一度話しに来ます」

立ちあがり、部屋を出ようとした須佐見を小山内が呼び止めた。

「須佐見先生、うちのチーム、今度第三回戦だ。次の日曜の夜、一緒に応援に行かないか？」

〝同じ釜の飯を食い、一緒に戦った仲間だ。君の気持ちは理解した〟の意味であった。

第7章　余命に彩り

平成十六年四月一日　六階病棟

この年は桜の開花が早かった。しかし、三井《みつい》さやかの部屋の窓からは病院の庭に咲く満開の桜を見ることは出来ない。ベッドの中から見えるのは人気《ひとけ》のないビルの屋上と空だけだった。時々、雲が形を変えながら流れてゆき、わずかに色が変化する空を、さやかは寂しげに眺めていた。

奈智が回診にまわってきた。

「三井さん、いかがですか？」

「ええ、まあ」

「元気ないわね、どうかしたの？　お腹痛みます？」

「薬が良く効いていて、痛みはほとんどないんだけど……桜を見るのも今年が最後かなあ、と思って……それもテレビでね」

さやかはまだ三十五歳だが、癌の末期患者である。二年前に卵巣癌と診断され、近くの病院で手術を受けた。しかし、その時癌は既に進行していて、手つかずのままお腹が閉じられ、三ヵ月の余命と宣告された。何とかならないかと、知り合いの伝《つて》を頼って、両親が城南大学病院に転院させたのだった。

最初は延命を期待して施行した化学療法が予想以上に効果を上げたので、須佐見と榎原が根治を目指して再手術に挑戦した。二人にとっても会心の手術だった。八時間かけて、原発の腫瘍とその浸潤に曝された子宮、腸表面の転移巣、骨盤内から大動脈周囲までのリンパ節など、取れるものはすべて摘出した。腹膜に点在する小さな播種《はしゅ》病変だけは取れずに残ったが、それでも、手術と化学療法の相乗効果で、約一年半の間は無病の状態が維持されていた。しかし、昨年の九月、残った播種からと思われる再発病巣が腹腔内に発見され、その後、さやかは入退院を繰り返し、癌細胞の増殖を抑えるためのさまざまな治療を受けたのだった。にもかかわらず、癌は半年でお腹中に広がり、現在はいかなる治療にも反応しない。死を待つのみである。

さやかの両親は、手術を成功させ二年間の延命を与えてくれた須佐見と榎原に絶大な信頼を寄せ、深く感謝している。一方、さやかは、ちょうど病状が悪化した五ヵ月前から新しく受け持ち医となり、回診では、容態を気づかってくれるだけでなく、話し相手にもなってくれる奈智に信頼を置いていた。いつもは友達のように楽しく会話を交わす二人だったが、この日のさやかは様子がおかしい。

「今年は咲くのが早いみたいね」

「……」

「それより、昨日テレビ見た？　〝ヨーロッパの旅〟であなたの好きな東欧をやってたわよ」

「昨晩は見なかった……」

「プラハってキレイな街ね。三井さん、行ったことあるって言ってたよね」

「……」

癌はお腹の中のいたるところに大きな腫瘤《しゆりゆう》を作り、横隔膜の表面や肝臓にも転移巣がある。腹水が大量に貯留して腹部臓器を圧迫している。お腹の伸展が苦しみを強める時は、針をさして腹水を吸引除去する処置で苦痛の緩和が図られ、残る疼痛に対してはモルヒネが処方されていた。その持続点滴で痛みのほうは今のところほぼ完全に抑えられているが、下腹部の腫瘤は日ごとに大きさを増してきている。それが足からの静脈還流を妨げるため、両下肢が激しくむくみ、象の足のように太く脹れ膨らんでいて、下半身は動かすことができない。食事もほとんど摂れず、栄養は中心静脈に入れられた点滴チューブを通して身体の各部に届けられている。

意にならぬ下半身とは違い、上半身は自由が利く。モルヒネの量がまだ少なかったので脳の機能はまったく正常で、つい最近まで、さやかはパソコンを使ってその脳機能を活かせる遊戯に興じたり、テレビを見るか書物を読むかして夜を迎える毎日を送っていたのだった。しかし、その間も病状は悪化していて、この数日来は肝臓機能の低下が進み、黄疸が現われ始めていた。

「柊先生、今、ゆっくり話す時間あります？」

「えーと、まだ回診が残ってるんで……じゃ、残りの患者さんを診たら戻ってきますから、その時ね」

さやかは心を決めていた。今しかチャンスがない。奈智に相談してみようと思った。医師も両親も明言しないが、数ヵ月後に自分の命が絶えることは悟っていた。それでも、これまでは死を意識するほどの強い症状を自覚していなかったので、人生が終わることを間近に感じてはいなかった。ところが、数日前から顔が黄色くなってきたことに気づいた。モルヒネの影響でいつも少し眠い感じはしていたが、頭は冴えている。黄疸に加えて、元気だった上半身もだるく重たくなってきたことから、死に向かっていることを実感し始めていた。

一時間ほどして奈智が戻ってきた。

「ごめんなさい、おそくなっちゃって」

「先生、私……好きな人がいるの」

「本当！　知らなかったわ。お見舞いにいらしたことある？　私会ってないよね？」

「一度も見舞いには来てないの」

「どうして来てくれないの？」

「ちょっとね、事情があって……両親に知られたくない人なの」

「へえ……なぜ、ご両親に話したくないの？」

「理由は訊かないで……それは言いたくないの」

「わかるわよ。私も、親一人なんだけどね、いろいろと心配するから、他の人には話せても、母親には話せないことがあるものね」

「それでね、お願いがあるんだけど」

「いいわよ、何でも言って」

「私ね、死ぬ前にその人と一日だけ一緒に過ごしたいの」

「どれくらい、会ってないの？」

「退院できていた頃はね、両親にウソをついて時々会ってたけど……今は、ほら、これで」

と、さやかはベッドを跨《また》ぐ細長いテーブルの上に置いたパソコンを指差した。メールで交信していたのだ。

「一日くらい、何とかするわよ」

「先生、夜もよ」

「え！　一晩ってこと？」

さやかは大きく肯いた。窓の外に目を向けて、しばらく沈黙した奈智が、

「それじゃ、作戦考えなくっちゃ」

と言うと、さやかは両手を合わせて拝んでみせた。

「お願い、両親には内緒よ」

奈智は考えこんだ。

「お母さん、毎日いらしてるよね」

「それがね、次の月曜日は二人とも用事があって来られないんだって」

「月曜日？　四日後じゃない……桜は最高ね、きっと。でも、どこかに泊まるとなると、

一人、いや二人きりにすることもね、誰かついてないと……いいわ、何とかうまいやりかたを考えるから、ちょっと待っててね」

部屋を出た奈智は、ナースステーションでカルテ整理をしていた矢口を連れて当直室に行き、あらましを説明して協力を求めた。

「え！　三井さんが？　親に言えない恋人……不倫じゃないの？　きっとそういう関係なんですよ」

「そんなこと詮索しなくていいのよ。それより、作戦考えなくちゃ」

「一日だけどうしても自宅で寝たいと言って家に帰ることにして……親に気づかれないようにするためには……看護師さんたちに話しておかないと」

「そうね。あとでご両親と話をする可能性のある人には言っておかないとね」

「榎原先生にバレると大変ですね」

「榎原先生もご両親と話すわよ、言っておいたほうがいいんじゃない？」

「榎原先生って、女心わかるのかな？　あの年でまだ一人ですよ。ダメだって言いそうな気がしますけど……それに、ご両親と話しても〝この間家に帰ってどうでした？〟なんてまず言わないですよ。病状の説明とかは詳しく話すでしょうけど」

「そうね、榎原先生には言わないでおくとして、赤坂先生と金塚先生には話しておいたほうがいいわね。看護師さんでご両親と話す人は、えーと、そうだ、小山さんに訊こう。その人たちだけには話をしておいて、他の人には自宅に一泊ということにしておきましょう。次に問題なのは……誰かついてないと」

「先生、私ダメですよ。月曜日は二回目の執刀をさせてもらう日なんですから」

「そうだったわね。私も当直で……誰かに代わってもらおうかな」

「先生が当直代わるのは大変ですよ。君島先生も一緒に交代しないといけませんから」

「そうなんだよね、私、もう大丈夫なんだけど、まだ信用されてないみたいで」

「教授の親心ですよ、先生。誰か看護師さんに頼むのが一番いいと思いますけど」

その時、フロア受付のクラークが、少し開けていたドアから顔だけ中に入れて言った。

「柊先生、面会の人がいらしてますよ。先生に会いたいって」

奈智は矢口を待たせたまま当直室を出て受付まで足を運んだ。見覚えのある顔だった。

「先生、元気?」

「山本さん！　どうしたの？」

「先生、私ね、城南大学の学生になったの、よろしくね。先生の講義も受けるかもしれないし、実習でこの病棟にも来るかもしれないので、ご挨拶に来ました」

そう言って、嬉しそうに白い歯を見せたのは、半年前のあの時に子宮外妊娠で手術を受けた利香子だ。

「えー！ すごいわね。あれから勉強したの？」

「入院している間、いろいろ考えてね、何か医療に関わることがやりたくなったの。城南大学保健医療学部に合格しました」

利香子は小さく胸を張った。

「やったわね、最近うちの保健学部は難しいのよ。入試まで三ヵ月くらいしかなかったでしょう？」

「頑張ったんですよ、目標が出来たんで。看護師になろうと思っているんです」

奈智は、〝あっ！〟と思った。

「山本さん、ちょっと来てくれない？ 話したいことがあるの」

と言うなり、手を引っ張って当直室に連れていった。

「えっ！ 私、まだここの学生じゃないのよ、入学式は八日だもん。そんなことできないわ」

利香子は驚いて言ったが、ちょっと興味もわいたようで、心底いやそうな顔には見えない。「入学したらすぐあるわよ、早期体験実習というのが。それを少し早くやるだけじゃない」

「でも、まだ、何も習ってないし、これから習うんだから」

「誰よりも早く実習ができるのよ、きっといい勉強になると思うけどね」

と奈智が言うと、矢口が追い討ちをかける。

「それに日当も出すわよ、普通のアルバイトの二倍くらいはね」

奈智が思いついた。

「そうそう、山本さん彼がいたでしょう？　まだつきあってる？」

「幹也君？　ええ、まあー」

「彼どうしたの？　大学に入学したの？」

「幹也君ね、東が丘大の経済学部を受験したんだけど、ダメで浪人。あんまり勉強してなかったもの。でも来年は絶対に合格するんだとか言って、もう、勉強始めたわ」

「浪人かあ、それじゃ時間自由になるわよね。幹也君、運転は？」

「できるわよ。家の仕事手伝うんで、十八になってすぐ免許とったから」

「自分の車はあるの？」

「彼は持ってないけど、デートの時はお父さんの借りてくる」

「車は何？」

「オデッセイ」

「ちょうどいい、それなら車イスも乗せられる」

「えー、幹也君も一緒なの？」

「そうよ、二人で一緒にアルバイト、山本さんは勉強も兼ねてね。こんないい話ないじゃない？」

奈智はたたみかける。

「それに、二人で高級ホテルに泊まれるのよ」

「本当？　どこ？　そのホテル」

ついに利香子が乗ってきた。

「それは、まだ決めてないけど、とにかく高級ホテルよ」

「超一流ね。レストランで、夕食も二人で食べていいのよ、こちらのつけでね。こんないいアルバイトないわよ、やらなきゃ損よ」

矢口の最後の一押しが決定打となり、利香子はさやかの介護と看視の役を引き受けることになった。小山も呼び四人で詳細な計画が立てられた。利香子たちの役割は、乗用車でさやかを移動させること、車イスを押すこと、常にさやかの近くにいるが黒子《くろこ》に徹して、二人の邪魔をせず看視すること、であった。

チェックするのは点滴の落ち具合と尿量、血圧、体温だけでよいことになった。点滴は自動輸液ポンプで速度が一定に保たれていて、充電しておけば二十四時間以内に切れることはない。ただ、それがトラブルなく入っているかを見守る。一度だけ点滴パックを新しくする。尿量は、膀胱に留置されたカテーテルから出る尿を、貯留バッグの目盛りで定期的に計測する。血圧のチェックは、決められた時刻に、自動血圧計のマンシェットを腕に巻きつけ、ボタンを押し、印字された数値を読めばよい。メモに記載された正常値を外れたらすぐに報告する。検温は夕方と就寝前と翌朝の起床時に行なう。もし、腹痛が強くなったり、気分が悪くなった時は、さやか自身から利香子に知らせてもらう。何か異変があれば、奈智か矢口に連絡する。月曜日は奈智が当直で、一晩中病院で待機しているのと同じだ。以上が看視計画の概要であった。

奈智は利香子をさやかの部屋に連れていって紹介するとともに、点滴のチェックの仕方を教え、実際に使用中の尿バッグを見せた。点滴パックの交換の仕方と自動血圧計の使い方も教えた。ベッドに横たわる重症患者の姿を目の当たりにした利香子は、はじめ気おくれした様子を見せていたものの、一つ一つ習っていくうちに、ちょうど良い臨床実習と思えてきたらしく、真剣に話を聞いてメモを取り、わからない点は質問もして、最後に承諾の意思を改めて口に出した。

「あとは天気だけね」

奈智がさやかに言った。

＊

四月五日の昼過ぎ、六階病棟のエレベーター前、車イスに乗ったさやかは明るい若葉色のワンピースを着て、薄くお化粧をしていた。顔の黄疸はファンデーションで見事に消え、少しむくみがあるため、やつれた風貌ではなくかえって健康そうにさえ見える。尿のバッグは花柄プリントのひざ掛けに隠され、車イスのポールから吊るされた点滴パックとポールにつけられた自動輸液ポンプがなければ、余命一カ月の癌の末期患者と誰が想像できるだろう？

前夜、さやかは寝つけなかった。眠りたくもなかった。デートを翌日に控え、心が躍っていて、その気持ちを一晩中楽しみたかった。自ら黄疸に気づき、人生の終焉を強く意識したことがこの楽しみに結びついたのだ。不安などまったくなかった。ただ外の空気を吸えるだけでも嬉しい今のさやかにとって、好きな人とデートをして一緒に夜を過ごすという夢が現実となったことは、文字通り望外な喜びであった。人生最後の胸の高鳴りだろうと感じていた。奈智が届けてくれたてるてる坊主を眺めながら、彼氏と一緒の春の公園の景色を明け方まで想い続けた。

「三井さん、とてもキレイよ」

見送りに来ていた師長の宮下佳子《みやしたけいこ》にはこの作戦が知らされていた。どの科でも、病院の規則を最も厳格に守るべき職責を担う師長は、部下の看護師や患者からも煙たがられる立場なのだが、宮下にはどこか鷹揚《おうよう》なところがあって、その点で彼女は、親近感と、ある意味の信用を若手医師たちからも得ていた。

さやかは照れくさそうに微笑んだ。上階に向かうエレベーターが止まってドアが開くと、手術をすませた榎原が降りてきた。

「三井さん、どうしたんですか？　お化粧なんかして」

さやかに問いかけると、怪訝そうな目を車イスのうしろに立つ利香子にも向けた。

「榎原先生、こんにちは。昨年お世話になった山本です」

「ああ、どこかで会った覚えがあると思った。それで、今日はどうして？」

困惑した宮下が言葉を探している間に利香子が機転を利かせた。

「私、三井さんの親戚で、今日は一日だけ家に帰るというので、お迎えにきたんです」

それを宮下が継ぐ。

「どうしても一日、自分の部屋で寝たいと言われるので、受け持ちの柊先生たちと相談して、一日だけ外泊を許可したんです。もちろん注意事項はお母さんにお話ししてあります。お母さん、毎日来ておられるでしょ、だからすべてわかっていらっしゃるし、点滴の中身も知っておられるくらいですから」

「まあ、一日くらいなら……全身状態に急な変化も起きないだろうから、いいんじゃないかな」

榎原は、化粧のおかげで色つやが良く見えるさやかの顔に目をやり、意外にも簡単に納得したようだったが、やはり気になるのか、

「でも、家に帰るのにオシャレするんだね？」

と再び訝《いぶか》った。すかさず利香子が応じる。

「榎原先生、女心ですよ。外に出る時は誰が見てるかわかりませんからね。女性はいつもキレイにしていたいんです、特に人前ではね」

その時、階下行きのエレベーターのドアが開いた。

「じゃ、山本さんお願いしますね。車は来ているんでしょ？」

宮下の言葉に、利香子は、

「ええ、兄が下で待ってますので」

と応え、車イスを押してエレベーターに乗りこんだ。さやかが喜びを抑えて榎原と宮下に軽く会釈し、二人は出発した。

この時刻、奈智と矢口は手術室で患者の麻酔がさめるのを待っていた。

「三井さん、もう出かけたかな？」

「そうですね、ちょうど出発の時間ですね」

「山本さん、うまくやってくれるかな？」

「大丈夫ですよ、あの子結構しっかりしてますから」

三井さん、少しでも幸せな時間が持てれば……

＊

後部座席にさやかと利香子を乗せ、幹也が運転するオデッセイは中原街道を北に向かっていた。空にはうっすらと春の霞がかかっていたが、雲は少なく、暖かな陽射しに包まれた穏やかな午後だった。桜田通りと合流し、五反田駅脇のガードを潜り抜け、高輪台に差しかかった頃、じっと外の景色を眺めていたさやかが口を開いた。

ますし」

「山本さん、今日はありがとう」

「いーえ、私たちはアルバイトですから、それに、私にとっては早期体験実習も兼ねてますし」

「ところで、どこへ向かっているんですか?」

さやかに今日のデートコースは知らされていない。落ちあう場所と時間は奈智がメールで彼氏に連絡してある。奈智と矢口と小山が頭を捻って考えた特製のプランだ。

「それは内緒です。着けばわかりますよ」

利香子は点滴の落ち具合と輸液ポンプの表示速度をチェックした。ポールは車イスから離され利香子の手にしっかりと握られている。

車は、古川橋、一つ橋を通り、溜池で左折、赤坂見附の交差点を直進し、小さな橋を渡って細い道に入った。右側に高層の赤坂プリンスホテルがそびえ、左側にはホテルニューオータニの新しいウィングが建っている。突き当たりを左折してニューオータニの正面駐車広場に入り、一階の宴会フロアの入口前で止まった。幹也と利香子が、両脇を抱えるようにして、先に降ろしておいた車イスにさやかを乗せる。利香子が車イスを押して、二人はホテルに入り、エレベーターでロビー階に上がって、車を地下駐車場に置いてきた幹也と合流した。三人はチェックインをすませ、十五階のスウィートルームへ向かった。

ボーイに案内されて部屋に入るなり、

「わー、すごい！」

と、利香子が大きな声を出した。広々とした部屋の内装は気品に溢れている。装飾具のどれもが一級品であることは利香子にもわかった。ベッドルームも二つある。

「三井さんたちはどっちで寝ますか？」

ボーイが去ったあと、利香子が訊いた。

「どちらでもいいです。あなたたちが良いほうを決めてください」

「幹也君、どっちにする？」

幹也は居間のテーブルに届けられていたワインと果物の盛り合わせに興味の目を向けていた。

「これ食べていいのかな？　利香子、一つ剝《む》いて三井さんに食べさせてあげたら」

「何言ってるのよ。三井さん食べられないのよ」

利香子が声を小さくして言った。

「それより、どっちで寝る？」

「どっちでもいいよ。どうせ今夜は眠れないんだろう？　ずっと看視してなきゃいけないんだから」

「交代で眠ればいいじゃない」

二人が言いあっている時、来客を告げるチャイムが鳴った。

ドアを開けた利香子は〝すてきな人だ。黄色いネクタイが良く似合っている。それに、希望の色を選んだところに、この人の気持ちが表われている〟と思った。

仕立ての良いグレーの背広に身を包んだ年配の男性だった。利香子への挨拶もそこそこに部屋に入ると、さやかのもとに歩み寄って半腰になり、やさしく言う。

「よく来たね。大丈夫？」

さやかは顔を少し赤らめて下を向いたまま、

「会いたかった」

と、恥ずかしそうに応えた。利香子と幹也はあわてて奥のベッドルームに逃げこんだ。

「あ、いけない、血圧計らなくちゃ」

十五分ほどたって、チェックする項目と時刻などが克明に記載されたメモに目を通していた利香子が気づいた。〝ごほん〟と一つ咳払いをして、声をかけてみた。

「三井さん、血圧測定の時間ですよ」

「ああ、そうね。お願いします」

さやかたちのいるベッドルームに入ると、二人は窓際にいて、そこからの景色に見惚れていた。彼氏に離れてもらい、左腕に自動血圧計のマンシェットを巻きつけ、ボタンを押した。記録用紙に印字された数字を見て、メモの数値と比べる。120／80mmHg、正常だ。次に尿量をチェックした。病院を出る前に新しくした尿バッグを手に下げ、袋に書かれてある横線の数字を読む。約100ml。メモの数値を調べる。これも正常。最後に輸液ポンプの表示速度をチェックし、指で丸を作った。

「ありがとう、山本さん」

利香子はもう看護師になった気分だった。

「柊先生のプランでは、出かける時間なんですが……」

それを聞いて近寄ってきた彼氏が訊いた。

「疲れてない？　出かけられる？」

「大丈夫ですけど、出かけるってどこに？」

「じゃあ、出発しましょう。幹也君、荷物お願いね」

幹也が必需品の入った手提げバッグに血圧計を詰めこみ、元気な声を出した。

「準備ＯＫです、出かけましょう」

駐車広場を横切ってホテルの外に出ると、ＪＲ中央線に沿った土手の上に、四谷に通じる並木道がまっすぐに延びている。桜並木だ。零れ落ちんばかりに花をつけた小枝が左右から道にアーチをかけている。奈智が選んださやかの最後のデートコースだった。平日の午後とはいえ、花見の人出は多い。その人の間を縫って、四人はゆっくり前に進む。利香子が押す車イスに座ったさやかは、彼氏と手をつないで嬉しそうに満開の桜に見入っている。

何て美しいんだろう……

これまでの人生で最も美しい光景と感じた。青い空が見えないほどの花の房、風に揺られ舞い落ちる花片、風の匂いと土の匂い、耳を澄ませば人声の切れ目から花弁の触れ合う音も聞こえる。すべては生きているから感じることができる。

生きているとは感じることなんだ……

さやかは、生きている喜びをこれほど強く意識したことはなかった。手術が終了し麻酔からさめた時も、化学療法が効いて退院の許可が下りた時も、生きていることを喜びとは感じなかった。この喜びは三十五年の人生の中で、どれよりも大きく、深く、透明で、新鮮に思えた。

左手につないだ彼氏の手の上に自分の右手を重ね、目を閉じた。好きな人のぬくもりを両手に感じることが出来る。

生きているんだ……

さやかの心は幸せに浸っていた。

「三井さん、大丈夫ですか？」

利香子の声で我に返って目を開けた。桜の花が揺れている。

「山本さん、ありがとう」

それだけ言って彼氏の手を握りしめた。

右手に聖イグナチオ教会の十字架が見えると四谷である。四人はそこから引き返し、同じ並木道を逆に進んでホテルに戻った。帰り道、さやかは楽しそうに彼氏と会話を交え、利香子と幹也もいつの間にか手をつないでいた。

部屋に戻ると、利香子は計画通りメディカルチェックを行なった。メモの記載と照らし合わせる。異常はない。そのことを奈智に携帯で報告し、

「柊先生が少し休むほうがいいって言ってますけど」

と、さやかに休息を勧めた。さすがにさやかも疲労を感じていたらしく、眠気に襲わ

れたようだ。三人に車イスからベッドに移してもらった数分後には、静かに寝息をもらしていた。

夕刻の六時を回った頃、さやかが目をさますと、それを待っていた利香子が声をかけた。

「三井さん、次のプランがあるんですが……行きます？　それとも、もう少し休みますか？」

「もちろん、行きます！」

弾んだ声だった。

次のプランはディナーだ。最高級レストラン〈トゥールダルジャン〉に予約を入れてある。テーブルが並んで二つリザーブされていて、さやかは車イスのままで彼氏と、利香子と幹也は隣のテーブルで、向かいあって席に着いた。

さやかは彼氏が注文したワインの匂いを嗅ぎ、ほんの少しだけそっと口に含んだ。忘れていた豊潤な香りが口の中に広がる。キャンドルの向こうで彼氏の優しい笑顔が揺れている。料理を食べることはできないが、彼氏とのディナーは満喫した。利香子と幹也も好きな料理をオーダーし、最高の食事を楽しんだ。

九時過ぎに部屋に戻って、三人でさやかの寝支度をし、さやかと彼氏は手前の部屋、利香子と幹也は奥の部屋で、それぞれ同じベッドに入った。

夜中、利香子が点滴のチェックに行くと、二人は楽しそうに話をしていた。

第8章　戦略の一つ

平成十六年四月三十日、さやかは静かに息を引き取った。亡くなるまでの間、過ぎ去る時を惜しみつつ、生きていることを意識して過ごした。読みたいと思っていた書物の頁を捲り、気になることはインターネットで調べ、新しい知識を得た時は感動すら覚える毎日だった。桜公園の名所をパソコンの画面で巡っては四谷の桜並木の匂いを脳裡に甦らせ、少し気分が良い日は嬉しく感じ、窓のガラス越しに空の色の変化を感じるたびに〝生きている〟と、意識した。

そして、本を読む意欲もマウスをクリックする気力もなくなり、空の色がわからなくなった三日後に永遠の眠りについた。最後のデートは、さやかの人生の終わりに添えられた一筆の彩りとなって、ほんのわずかな余命に意味を与える結果をもたらしたのだった。

奈智はこの半年間で二人の若い女性の死に遭遇した。二人の死は対極にあった。穏やかな死と壮絶な死。予知された死と突然の死。医学的には救命不可能な死と可能な死。さやかの死は、奈智に、さやかが亡くなった悲しみ以上を負わせるものではなかったが、美和子の死では、その何倍もの悲しみに加えて自身の苦しみをも背負ってしまっていた。手術への後悔、救命できなかったことへの自責の思い、婦人科勤務に就いてからも、これらが消えることはなかった。しかし、さやかの死を安らかにすることに力を貸せたという感触が、美和子の死への心の負荷を軽くしたことは確かであった。

さやかの死から一週間たった日の昼、奈智は小山と入院棟の最上階にあるレストランに行った。

「ねえ、あの作戦、見事に決まったわね」

「晴れてくれて、本当によかったわ」

「三井さん、今頃、天国で桜公園巡りでもしてるのかなあ」

「三十五歳かあ、あの若さで亡くなるなんてね……。何といっても、ご両親、やりきれないでしょうね」

「でもね、なっちゃん、私思うんだけど……」

「何を?」

「……何でもない。あ、来た来た、食べましょう」

小山は、仕事の場では奈智を〝柊先生〟と呼ぶのだが、友人としては〝なっちゃん〟と呼んでいる。小山が思ったのは婦人科患者の死と産科患者の死の違いである。家族や周囲の者が感じる悲惨さの程度が違うと、美和子の死を引き合いに出そうとしたのだが、その話は奈智に向けないほうが良いと思い、話題を変えた。

「雄太君、もう五歳だね」

「私が見る時間がないから……母が見てるでしょ、だからわがままに育っちゃって」

その時、一組の男女が奈智たちのテーブルの脇を通り、斜め前の位置に席を取った。

「ちょっと、なっちゃん、あの人、榎原先生じゃない？」

小山が声を殺して言った。

「あっ！　そうだ、榎原先生だわ」

「キレイな人ね、彼女なのかしら」

小山のほうからは女性の顔がよく見えるが、榎原は振り向かないと奈智たちが見えない。小山と奈智は声を潜めて話した。

「榎原先生、彼女いたの？　あの年でまだ独身でしょ。あの人は一生独身で通すのかと思ってたけど……仕事を恋人にしてね」

「彼女がいたっておかしくないわよ。私たちから見るとかっこいいわよ」

「かっこいいのは病院の中だけじゃないの？　女性にもてそうじゃないけどね。だって、いつも難しい顔していて、偉そうにものを言うし、私たちにだってそうよ」

二人は食事を進めながらも、榎原のテーブルから目を離さない。耳もそばだてていた。

「私、やっぱり、須佐見教授に頼んでもらえばよかったと思っているの」

「君が、実家の近くの病院で手術を受けさせたい、って言ったんだよ」

「それはそうだけど、こんな結果になって……私、やっぱり後悔してる、私の責任なんだと」

彼女の声は沈んでいる。

「誰がやっても同じだよ、あれは難しい手術だ。一《いち》か八《ばち》かの手術だから」

「あなたが手術しかないって言ったから、向こうの先生に無理にお願いして……」

「子宮頸癌のⅢ期だったからね、その病院の先生、よく手術を引き受けてくれたよ。最近は、何かあるとすぐ訴えられるから、皆、難しい手術は引き受けなくなってきてるんだ。でも、君のお母さんは腺癌で放射線療法も抗癌剤も効果が期待できないから、リスクはあっても手術をするほうが医療としては正しいんだ」

「医療として正しいかどうかじゃないの、私は結果が悔しいのよ。それに、あの病院の先生たちが冷たいのよ。母が亡くなったあと、これは仕方がなかったの一点張りよ、詳しい説明もしてくれないし」

「誰がやっても同じだよ。難しい手術だから、そういうこともあるんだ」

彼女の母親のケース、榎原は〝手術が成功すれば、完治は難しくともかなりの延命が期待できる。ただし、相応のリスクを覚悟しなければならない〟と思っていたのだが、彼女は、家族の心情として、現実より高い成功への期待を抱いていた。それだけに、手術結果への不満も大きい。

「だから、そういうことじゃないって言ってるでしょ。先生たちに誠意がないのよ。あーあ、手術しなきゃよかった。そうすれば、お母さん、あと半年くらいは生きられた。そしたら自分の人生を振り返ったり……最後に会いたい人に会うとか……私たちにも言い残したいこともあったと思うし……。そういう気持ちを理解してないのよ、あの病院の先生たち」

「じゃ、どうしろって言うんだ？　頭を下げて謝れって言うのか？　あの難しい手術を引き受けてくれただけでもありがたいことだよ」

榎原はどうしても医師の立場で話してしまう。

「随分と冷たいのね。あなたのお母さんじゃないからね」

「そんなことないよ、もうすぐ、僕のお母さんになる人だったんだ」

「ということは、お母さんになるまでは他人だってこと？」

「そんなこと言ってないじゃないか。僕の母親だって同じだよ、自分の母親でも僕は同じ治療を選択する。成功する可能性にかけるね。たまたま、今度の場合は悪いほうの結果になっただけだ。君はお母さんの病気がそういう状態だったという現実を、正しく理解していないんだ」

「だから医者は嫌いよ。自分たちが治してやるんだみたいな態度を取りながら、一方で、この病気は助からないとか、何％の確率でどうのこうのとか言って……。私にとっての現実は母親を手術で亡くしたってこと。その気持ちがわからないの？」

「それはわかるけど……でも、それで医者を責めるんじゃないよ。彼らだって最初から失敗しようと思ってやったわけじゃない。君のお母さんの命を救おうとして一生懸命やったんだから」

　もう少し彼女の気持ちを汲んだ言いようのあることは榎原にもわかっているのだが、それができない性格なのである。

「医者には、ダメなものはダメってわかってしまうんだ。だから……しょうがないだろう？」

「あなたって、本当に冷たい人ね。もういいわ」

と言ったかと思うと、彼女はすーっと立ちあがり、すたすたとレストランから出ていってしまった。

奈智と小山は、榎原に気づかれないように、下を向いて食事をするふりをしながら成り行きを見守っていた。彼女が出ていったあと、箸を置いたままでいた榎原が数分して席を離れると、それを見て、間髪を入れずに小山が言った。

「彼女に振られたみたいね。あれじゃもてないよ、やっぱり。慰めてほしいっていう女性の気持ちがわかっていないもの。患者さんの気持ちとか家族の気持ちとかもわかってないんじゃないの？」

「榎原先生って……相手の気持ちはわかっているのよ。でも、うまく言えない人なのよ」

「へー、なっちゃん、榎原派なんだ。私は君島先生のほうがいいわ。腕もいいし、カッコいいし、何といっても優しいものね」

「君島先生に手を出しちゃだめよ、かわいい奥さんがいるんだから。それより、小山さん、新しい彼氏できないの？」

小山も短い結婚生活のあと、三年前に夫と別れた。子供はいない。助産師の仕事も夜勤が多く、それが離婚の間接的な原因で、家庭と仕事の両立が難しい職業に就いているという点で、二人は似た境遇にあった。

「私たちの仕事って、まわりがみんな、女でしょう。なかなか男性とめぐりあう機会がないのよね。産婦さんのだんなは結婚してるでしょ」

「あたり前じゃない」

奈智が声を出して笑う。最近やっと以前の明るさが戻り始めていた。

「それに医者も、最近は学生の頃から彼女がいるし……」

小山のぼやきに奈智も続いた。

「その点、産婦人科の男性医師はいいわよね。まわりじゅう、女性ばっかりじゃない」

「そうよ、患者は女性、看護師も女性、病院の事務の子もほとんど女性、それに医者も女性が多くなってきた。男性の入局者減ったものね。最近は男性が弱くなって、なっちゃんみたいな頑張り屋さんに怖気づいてるんじゃない？　彼らにはハーレムなのに」

「榎原先生、何で一人なんだろう？」

「だから、言ったじゃないの。榎原先生はダメよ。さっきの会話聞いたでしょ。ああやってつっぱっちゃうんだから」

「でもね、榎原先生のおかげで、私、手術、少し上手くなったような気がするの」

とりわけこの頃、奈智にとって最良の友人は小山だった。医師仲間より気兼ねなく自分の気持ちを出すことができる。

「でもあの人、あんまり教えてくれないって言うじゃない。偉そうに言うばかりで」

「厳しさも必要なのよ。私たちってそういう厳しさがなければ、勉強しないのよ。やっぱり自分で勉強する意欲がないとね」

「やけに、榎原先生の肩を持つじゃないの。そういえば、別れたご主人と似たタイプね」

「そうかなあ、まったく違うと思うけど……。私ね、徳本さんのこと、引きずってたでしょ。それが、榎原先生の厳しさを見ていて、こういう強さもないと医師ってやっていけないんじゃないかと思ったの。精神的にも強くならないとね」

「そうよ、なっちゃん優しすぎるのよ。産婦人科の医者には精神的な厳しさも要求されるんだから。それより、なっちゃん、榎原先生にアタックしてみたら？　コロッといくわよ。あなたの優しさに」

「それはないわよ。私、子持ちよ」

しばらく置いて、奈智が真顔になった。

「あの厳しさがなければ、立ち直れなかったかもしれない。産婦人科をやめていたかも」

「へえ、そんなに思いつめてたんだ。それを救ったのが榎原先生か……でも、そこまでうちのおやじさんが考えていたとは思えないけどね」

＊

須佐見は教授室で一通の手紙に目頭を熱くしていた。さやかの両親からの礼状であった。娘の死に対する両親の哀惜の思いが綿々と綴《つづ》られ、須佐見と榎原への感謝の言葉がそれに続き、最後は奈智に深い謝意を表わす文面で結ばれている。両親はさやかの最後のデートを知っていた。さやか自身が亡くなる一週間前にすべてを打ち明けたのだった。

ドアのノックされる音がした。

須佐見はあわててハンカチで目蓋を押さえ、手紙を引き出しにしまって、少し間を取ってから返答した。

「どうぞ」

「失礼します」

と言って入ってきたのは、事務長の岸本だった。

「先ほど、院長にもコピーをお届けしてきましたが……」

岸本が裁判所から送付されてきた口頭弁論期日呼出、答弁書催告状と訴状の複写を手渡すと、その表紙に視線を落とした須佐見の顔色が変わった。そのうち来るであろうと覚悟を決めていたので、須佐見は訴状そのものに驚いたのではなかった。被告の項を見て愕然としたのだ。

〈訴状〉

原告　　　　　　　　徳本　慎一
　　　　　　　　　　徳本　優美
　　　　　　　　　　徳本　勇太

被告　　　　　　　　城南大学病院　院長　嶋　秀雄
　　　　　　　　　　　　　　　　　産科病棟医長　君島　和彦
　　　　　　　　　　　　　　　　　医師　柊　奈智

損害賠償請求事件

訴訟物の価格　金　85,371,325　円
貼用印紙額　金　465,800　円

原告3名右訴訟代理人
弁護士　横井　賢三
同　川辺　学

東京地方裁判所　御中
平成16年5月6日

一般に、このような医療訴訟で、特に大学病院などを相手とする訴訟で、担当医師個人が被告にされることは少ない。漠然とではあるが、学校法人城南大学または城南大学病院が被告になるものと、須佐見は考えていた。

「これは……これは、どういうことですか？　君島君と柊君が被告になっているけど」

「原告側の作戦だと思いますよ」

「作戦？　彼らからお金を取ろうというのですか？」

「いいえ、お金を支払うのは、実質、病院でいいんですが、かなりはっきり特定して二人の過失を指摘しています。そこを強調し、裁判官に過失の印象を強く与えるためにそうしたんでしょう」

岸本の推測であった。

「うーん、何ということだ。彼らが被告とは……」

と呻《うめ》くような声を出して、須佐見はページを捲った。

請求の趣旨

一、被告3名は連帯して、原告徳本慎一他2名に対し、金85，371，325円 及びこれに対する訴状送達の日の翌日から支払い済みまで年5分の割合による金員を支払え。

二、訴訟費用は被告らの負担とする。

との判決並びに第I項につき仮執行の宣言を求める。

請求の原因

第一　当事者

一、原告　徳本慎一（以下慎一）は平成15年10月21日に28歳で死亡した徳本美和子（以下亡美和子）の夫である。原告、徳本優美（以下優美）は慎一と美和子の長女、徳本勇太（以下勇太）は長男である。

二、被告　城南大学病院（以下被告病院）は、肩書地で医業を営んでいる。被告君島和彦（以下君島医師）は被告病院で産科病棟医長を務め、本件の診療の責任者であり、被告　柊奈智（以下柊医師）は、亡美和子が死亡に至る誘因となった最初の手術を担当した医師である。

第二　経過の概要

一、亡美和子は、平成15年9月25日、妊娠36週0日、妊娠と分娩の管理を受けるため、城南大学病院産婦人科を受診した。……

二～六、〈省略〉

七、……平成15年10月21日、敗血症、エンドトキシンショック、多臓器不全、肺出血のため被告病院において死亡した。

第三　過失責任

一、帝王切開の施術に際しては、子宮切開創からの出血が多量にならない様、慎重に手術を行い、手際良く縫合を行うことが重要である。それは本手術の基本であり、そうすべき注意義務があった。然るに柊医師は、本件で施行された超緊急手術（グレードAカイザー）の経験がないにも拘らず、自ら執刀し、前記注意義務を怠り、拙劣な手術手技のため４５００mlという大量の出血をきたし、その結果、亡美和子をＤＩＣに貶《おとし》めた過失がある。

二、本件のＤＩＣは最重症で、この様な状況の患者に投与する薬剤の選択には細心の注意を払う義務があるにも拘らず、亡美和子の診療責任者である君島医師は、なぜか、本邦での使用経験の少ない新薬、オルガランを選択し、ＤＩＣの治療を困難にいたらしめた過失がある。（研究のために患者の承諾無しに新薬を試した疑いがあり、許し難い行為である）

三、手術時の大出血でショックに陥り、且つその後2回も開腹術を受けた患者の免疫力が低下していることは明らかで、感染の防止には万全の対策を取る注意義務が生じていたのに、被告医師らは漫然と通常の術後管理を行い、起因菌の検査が遅れた上、抗菌薬を4種類も使用し、その結果、院内感染である多剤耐性緑膿菌による敗血症を引き起した過失がある。

四、院内感染に対しては、病院を挙げて予防対策を講じるべき義務があるにも拘らず、城南大学病院はそれを怠り、充分な対策を実行してこなかった過失がある。

第四　因果関係

前記の過失と亡美和子の死亡との間には明らかに因果関係が認められる。即ち、最初の帝王切開における出血多量がＤＩＣを引き起し、その治療薬の選択を誤ったことが、術後出血及びそのための再手術の原因であり、その後の院内感染防御の無策が亡美和子を死に至らしめたことは明白で、亡美和子の死亡とこれらの過失の間に因果関係が存在することは一点の曇りもない事実である。

第五　損害

一、亡美和子の死亡による逸失利益は３５，３７１，３２５円となる。

（金額の計算並びに根拠は別記）

二、原告らの慰謝料は、合計５０００万円が相当である。

（一）慎一は、最愛の妻を28歳という若さで失い、甚大な精神的苦痛を受け、将来に絶望している。この苦痛を慰籍するに金３０００万円を下ることはない。

（二）優美と勇太は幼くして母親を亡くし、今後の成育過程において被るであろう彼らの種々な精神的苦悩に対する慰謝料は各金１０００万円を下ることはない。

第六　結論

以上により、原告らは、被告らに対し、第一次的に不法行為により、第二次的に債務不履行による損害賠償請求権に基づき、請求の趣旨記載の判決を求め本訴に及んだ。

以上

須佐見が訴状を読み終えたと見るや、椅子に腰をかけてじっとその真剣な顔つきを追っていた岸本が問いかけた。

「須佐見教授、この訴訟、勝てますか？」

須佐見は訴状を置いた。

「私は、示談はいやだ、と言ったんです。訴訟に勝てる、と言った覚えはありません。勝てるかどうか？　やってみないとわからないことです」

「応訴《おうそ》する、と考えていいんですね？」

「もちろんです」

須佐見はきっぱりと言った。理事長と院長に相談してみようという気もしなかった。普段から、分娩の管理では最高レベルの診療を行なっているとの自負心を持っている須佐見は、まるで言いがかりをつけられているとしか思えない〝過失責任〟の文面を読んで、美和子の死に対して科長としての責任を感じるどころか、逆に、原告弁護士に対する闘争心を掻きたてられる思いがした。

「院長は早く白旗を挙げたいみたいですが……」

「どうしてですか？　ここに〝過失〟と書かれてあることはすべて過失ではないんですよ。注意義務は充分果たしているし……徳本さんのケースは難しい症例だったんです」

「しかし、それは裁判官がどう判断するかですよ」

「それくらいわかってますよ。それより、なぜ、君島君と柊君が被告なんですか？」

須佐見にはこっちのほうが気になる。

「本当に病院が支払ってくれるんでしょうね、万が一、敗訴の場合だけど」

「それは……病院は保険にも入っていますし、心配ないと思いますが、ただ、結審の仕方と内容によっては、保険会社が全額支払ってくれない場合もあります。そんな時、法律上は、病院がいったん全額を支払ったとしても、あとで被告医師に損害賠償を求償することができます」

「何ですって？　今、何て言いました」

須佐見が顔を赤くして嚙みついた。

「いいえ、うちの場合は、院長も理事長も理解のある人ですから、担当医師に損害賠償を請求するなんてことはまずないと思いますが」

それを聞いて、須佐見は少し気が鎮まったようだ。

「私が直接、院長と理事長から確約を取ることにします。その二人が決めることなんだよね」

そう念を押し、「それなら大丈夫」と、勝手に頷いたあと、独り言のように言った。

「そうすると……問題は被告人尋問だ。普通こういう裁判では、医師は証人として尋問されるんだが、被告となると相当厳しくやられるな。君島は大丈夫だろうけど、柊は女性だし、若いからなあ。それが原告側の作戦か……」

「教授、それより、今日のうちに弁護士さんと話しておきませんか？　瀬川弁護士、さっき事務のほうにいらっしゃいましたよ。ほら、五年前の、第三外科の例の件で」

「あの件、まだ解決してないんですか？　そんなにたったら、細かいことは医者も患者も忘れてるんじゃないんですか？　まあ、そっちはいいとして、今日は時間もあるし、瀬川先生に症例の概要だけでも話しておこう。……それにしても、君島と柊が被告とはなあ」

須佐見はまだ拘《こだわ》っていた。

＊

瀬川正《せがわただし》は城南大学病院の顧問弁護士で、経験豊富で実力もあると病院関係者から頼られている。須佐見とは病院の医療安全委員会で月に一度顔を合わせていて、須佐見の五歳年上である。

二人は病院事務部の一室で、テーブルを挟んだ小さなソファーに座って話していた。

美和子の件は、第一回説明会のあとで院長がすでに頼んであったらしく、瀬川は事例の概要を把握していた。須佐見が経緯について少し補足し、答弁書の作成を依頼すると、快く承諾した瀬川が話題を移した。

「産婦人科は大変ですね、訴訟が多い科ですから。医師の数で割ると、他の科の約三倍の訴訟率ですよ。賠償金額にすると医賠責で支払われる額の半分を、たった五％弱の産婦人科医師が支払っている計算になります」

「それは最近の統計ですか？　それくらいかもしれませんね。結果の落差が激しいですから……それに、母児ともに無事で当たり前という先入観もありますから、何かあった時は、家族の悲しみと怒りがどうしても医療提供者に向いてしまう……医者が悪いわけじゃないんですがね」

そう言いながらも、この時須佐見はまだ冷静だった。瀬川に気になっていた点を問うてみた。

「瀬川先生、大学病院相手の訴訟は、支払い能力のある大学か病院、個人名を挙げるなら理事長とか院長を被告にするのが普通じゃないんですか？　本件の場合、担当医師も被告にされているんですが、なぜなんでしょうか？」

「担当医師個人を被告として提訴する場合も時々みられますが、それは、たとえば、担当医と家族との間の意思の疎通が欠けていたり、病状説明が不充分だったり、そのために家族がその医師に不満を持っている場合が多いですね。担当医が個人的に恨《うら》まれていることもあります」

「恨まれる？　君島君は私の最も信頼する部下で、柊君は心の優しい女性医師です。あの二人は感謝されることがあっても、恨まれることなどあり得ないはずです」

須佐見の口調が変わってきた。瀬川は委員会などの席を通じて須佐見の性格を知っていたので、〝恨み〟はまずかったかなと思い、言い直した。

「いやいや、そういうお医者さんであれば、そのお二人を被告にしたのは、個人への不信とか不満とかではなく、裁判を有利に展開させるための戦略でしょう。訴状を読んでみないとこの件のことはわかりませんが、一般に原告側は、被告の過失、あるいは不法行為を明確にし、その印象を強く裁判官に与えようと考えます。そのために個人の不法行為を強調するのですよ」

その言葉がまた須佐見を刺激した。須佐見は、君島と奈智が犯罪者のごとく言われたような気がし、いっそう語気を強めた。

「不法行為？　あの二人が不法行為を行なったと言うんですか？」

「それは法律用語ですよ。こういう訴訟の場合、損害賠償を請求するためには、法的根拠として債務不履行責任か不法行為責任を問うという形を取るだけで、本当の意味で彼らが不法行為をしたと言っているのではありません。裁判になったら、これは争いですから、どちらも勝ちたいと思います。ですから、相手も争いに勝つためにいろいろな戦略を立てるのです」

「裁判というのは、真実を明らかにするためのものではないんですか？」

「真実を明らかにしたうえで、判決を下すのです。裁判官といえども人間ですから……人が下す判決ですからね、弁護士はできるだけクライアントに有利な判決になるように努力するのです」

「ということは、弁護士はクライアントのためなら善良な人間を犯罪者扱いしてよいというわけですか？」

「状況によっては、結果的にそうなってしまうこともあります」

須佐見は、君島と奈智が被告にされたのは自分が示談を選択しなかったからだ、と考える性格ではない。話が進むにつれ、原告弁護士への憤りが膨らんでいった。

「瀬川さん、弁護士は、裁判に勝つためなら、間違った事を言おうが、相手を傷つけようが、どんなに苦しめようが、おかまいなしでいいんですか？　そんな弁護士にとって大事なのは真実ではない。クライアントの利益、それもほとんど金だ。要するに屁理屈を言って争いに勝利すればいいんだ。アメリカの訴訟では、金で腕のいい弁護士をたくさん雇って、論述というのか、論法というのか、それで真実を曲げてしまうと言うじゃないか？　徳本さんもひどい弁護士を雇ったもんだ」

須佐見は興奮して一息にまくしたてた。言葉も乱暴になってきている。

「須佐見教授、落ち着いてください。もちろん、弁護士にも一握りの不適格者がいるでしょう。どの業界にも五％くらいは、その業務に不適とされる者がいると言われています。でも、この件、原告の弁護士が必ずしも〝ひどい〟とは言えないと思いますよ。被告を誰にするかも、正当な一つの戦略ですから」

「私たちは、もとより患者を傷つけようとは思っていない。患者のためにと思って夜も眠らずに働いているんだ。それなのに、結果が良くなければ、弁護士は、医者を悪者に仕立て、犯罪者扱いする。それこそ不当な行為だ」

瀬川に憤懣をぶつけても仕方のないことはわかっているが、それでも思いが口に出てしまう。

「近頃は学生までもが、訴訟を恐がって、産婦人科に入局してこない。転科する者まで出てきた。日本中で産婦人科の若手医師が不足している。誰がこんな状況を作ったんだ。弁護士が悪いんじゃないのか？」

須佐見は相手が誰かも忘れてしまったようだ。これには、瀬川も反論せざるを得なかった。

「じゃあ、医療被害にあった患者を誰が救うんですか？ 勉強もしないで間違った医療行為を繰り返す医者、金のために不要な検査をし、必要のない薬を処方する医者、中には、患者のためではなく自分のために無理な手術をする医者もいる。そんな医者のために被害にあった患者は泣き寝入りするんですか？ そういう被害者には損害賠償を請求する権利があるんです。誰かが被害者を助けなければならない。弁護士とはそういう職業なんです。間違った医療のせいで一家の支柱を失ってお金に困る人もいるんですよ」

「そりゃ、医者の中にもおかしな奴はいる。そんな奴は刑事裁判にでもかけてさっさと医師免許を取りあげればいいんだ。しかし、普通の医者は患者のためにいつも一生懸命やっているんだ」

「それはわかってますよ。でも、今の法律では医師の過失が認定されなければ、被害を受けた患者は補償されないんですよ」

「それは国が補償すればよい。患者を救うために医者を悪者にするな。医者も患者を救おうとしているのだ。君島や柊をそんな不届きな医者と一緒にするな！」

「それが相手にはわからないんですよ、裁判官にも。だから、私たちがそのことを証明するためにあなたがたの側にいるんじゃないですか」

そこまで言ってもらっても、まだ腹の虫がおさまらない須佐見は、ソファーから立ち上がった。

「患者のためにと思って懸命に努力した、だが、力及ばず救えなかった人間と、クライアントのためと言いつつ、間違った主張をして相手を傷つけ苦しめる人間と、どちらが悪いのか？　天国に行ったら神様に訊いてみようじゃないか」

そう言うと、そのまま部屋を出ていってしまった。

＊

その日、奈智は久しぶりに早く帰宅した。

奈智は婦人科勤務が気に入っていた。榎原は相変わらず厳しいが、勤務交代から半年がたった今では、その厳しさがむしろ心地良く感じられる。良性疾患の手術の執刀回数が増え、最近は内視鏡手術も習っている。膣式子宮摘出術や子宮脱の手術などの助手も務め、次には膣式手術の執刀の番が回ってくる。

この科では手術の難易度にランク付けが行なわれていて、難度が上の手術を執刀するためには、ランクの低い手術を定められた数だけ経験し、さらに医長から手技に対する合格の評価を受けていなければならない。奈智はそのステップを着実に登りつつあった。

受け持ちの悪性腫瘍患者の治療経過は完全に頭に入っている。今は、新しい抗癌剤の投与法とその副作用について寸時を惜しんで勉強しているところで、前は産科が好きな奈智であったが、徐々に婦人科への興味も湧いてきた。〝手術が上手くなりたい。悪性腫瘍の手術も出来るようになりたい〟と思い始めた。婦人科勤務も決して楽ではなく、実質的な仕事は産科より多い。それでも、時間を不規則に拘束される産科と違い、業務を計画的に遂行できる点で、奈智には良かった。

「なっちゃん、明日は早出の土曜日やった？」

並んで夕食後の洗い物をしながら伸子が訊いた。

「そう、カンファランスのある日だからね。明日は私がプレゼンなの」

「何を発表するん？」

「私の受け持ちの患者さんの経過。その人ね、可哀相なの、若いのに卵巣の癌でね。ちょっと珍しい種類なんだけど」

「この間、話してた人？」

「それは別の人。この間の人は亡くなった……一週間くらい前に」

奈智は、さやかのことは伸子に話していた。

「明日のカンファランスの患者さん、抗癌剤が効いてくれないと……」

何気なく伸子と患者の話をしていても、話題が〝死〟に近づくと、頭の片隅には美和子の影が現われる。奈智はそれを瞬時にさやかの姿で覆い隠すのだった。あの日以来、伸子も、美和子のことにはまったく触れずにきた。そのうちに、密かに抱いていた危惧も薄らいで、伸子は近頃の奈智の様子にすっかり安心している。ただ、康男からの電話だけが心の隅に引っかかっていた。奈智には内容はもちろん、電話があったことも話していない。

「ママ、ちょっと来て」

雄太にうしろから手を取られてリビングへ行くと、大きな地球儀が置いてある。五歳の誕生日に康男からプレゼントされたものだ。

康男夫婦は子供に恵まれず、そのぶん、康男は姪の奈智を可愛がった。奈智が医学部に入学した時、いずれは自分の跡を継いでくれればとまで思ったのだった。ところが奈智は病棟実習で産婦人科医療に接し、喜びと感動の多い科との印象を受け、それに惹《ひ》かれた。卒業前に自ら出産を経験したことも大きな要因であった。二日がかりの難産だっただけに喜びも大きく、〝産婦人科医師になればこの感動にいつでも会える〟と思うとともに、担当医師に抱いた信頼と感謝の気持ちが、〝その気持ちを受ける立場になりたい〟に変わったのである。

「ママ、日本どこかわかる？」

「ここでしょう」

「なんでわかるの？」

「それはわかるわよ、ママと雄太が住んでる国でしょ。じゃ、雄太、アメリカは？」

「うーん」

考えているようなふりをして、雄太はくるくると地球儀を回した。このごろは、機関車トーマスよりも、地球儀で遊ぶほうが楽しいらしい。

「わかんない。どこ、ママ」

「アメリカはね、ここよ」

「じゃ、ママ、シンガポールどこかわかる？」

「何でシンガポールなんて知ってるの？」

「幼稚園のお友達が、この間シンガポールへ行ったんやて」

いつの間にか、伸子がそこに加わっていた。

「なっちゃんも小学生の頃うるさかったわ。フランスの首都はどことか、イギリスはどこかとか言うてね。遺伝子やね」

「お母さん遺伝子知ってるの？」

「なに？　なに？　それ？」

電話がルルルーンと音を立てた。

「もしもし……ああ、先生ですか、奈智がいつもお世話になっております。はい、ちょっとお待ちください」

伸子が「須佐見教授からよ」と伝え「何やろ？　今頃」といぶかりながら奈智に受話器を渡した。

「もしもし、柊ですが」

「ああ、柊君、あの……明日一番に私の部屋に来てくれないかな」

須佐見は、瀬川との口論のあと、自宅に帰り〝君島と柊には早く知らせておかなければ〟と思ったのだった。ここに至るまで、遺族への説明会の経緯などを奈智にはまったく伝えていない。

気が短い須佐見は、思い立ってすぐ行動に移したのだが、母親の声を聞いて〝明日でも良いことだ〟と考え直したのであった。

「明日ですか？　症例検討会の前ですか？」

「そうだ、七時に部屋へ来てくれ……。ところで、お母さんとお子さんは元気かね？」

「ええ、おかげさまで……教授、何かあったのですか？　私の受け持ちの患者さんですか？」

「いや、たいしたことじゃないんだ。じゃ、明朝待っているからね」

電話を切ると、伸子がたずねた。

「何やったの？」

「明日の朝、部屋に来いって、何だろう？　婦人科勤務、交代かな？　せっかく慣れてきたのに」

奈智は残念そうに言った。

〔下巻へつづく〕

本書は、二〇〇七年四月に早川書房より単行本として刊行された作品を文庫化したものです。

ススキノ探偵／東直己

探偵はバーにいる

札幌ススキノの便利屋探偵が巻込まれたデートクラブ殺人。北の街の軽快ハードボイルド

バーにかかってきた電話

電話の依頼者は、すでに死んでいる女の名前を名乗っていた。彼女の狙いとその正体は？

向う端にすわった男

札幌の結婚詐欺事件とその意外な顛末を描く「調子のいい奴」など五篇を収録した短篇集

消えた少年

意気投合した映画少年が行方不明となり、担任の春子に頼まれた〈俺〉は捜索に乗り出す

探偵はひとりぼっち

オカマの友人が殺された。なぜか仲間たちも口を閉ざす中、〈俺〉は一人で調査を始める

原尞の作品

そして夜は甦る

高層ビル街の片隅に事務所を構える私立探偵沢崎、初登場！　記念すべき長篇デビュー作

直木賞受賞

私が殺した少女

私立探偵沢崎は不運にも誘拐事件に巻き込まれる。斯界を瞠目させた名作ハードボイルド

さらば長き眠り

ひさびさに事務所に帰ってきた沢崎を待っていたのは、元高校野球選手からの依頼だった

愚か者死すべし

事務所を閉める大晦日に、沢崎は狙撃事件に遭遇してしまう。新・沢崎シリーズ第一弾。

日本冒険小説協会賞最優秀短編賞受賞

天使たちの探偵

沢崎の短篇初登場作「少年の見た男」ほか、未成年がからむ六つの事件を描く連作短篇集

ハヤカワ文庫

著者略歴　1947年和歌山県生まれ。1973年東京大学医学部卒。医学博士。昭和大学医学部産婦人科学教室主任教授

HM=Hayakawa Mystery
SF=Science Fiction
JA=Japanese Author
NV=Novel
NF=Nonfiction
FT=Fantasy

ノーフォールト

〔上〕

〈JA965〉

二〇〇九年九月二十日　印刷
二〇〇九年九月二十五日　発行

（定価はカバーに表示してあります）

著者　岡《おか》井《い》崇《たかし》
発行者　早川浩
印刷者　大柴正明
発行所　株式会社 早川書房
郵便番号　一〇一 - 〇〇四六
東京都千代田区神田多町二ノ二
電話　〇三 - 三二五二 - 三一一一（大代表）
振替　〇〇一六〇 - 三 - 四七七九九
http://www.hayakawa-online.co.jp

乱丁・落丁本は小社制作部宛お送り下さい。
送料小社負担にてお取りかえいたします。

印刷・株式会社亨有堂印刷所　製本・大口製本印刷株式会社

ISBN978-4-15-030965-7 C0193

＊本書は活字が大きく読みやすい〈トールサイズ〉です